U0902922

# 每一个日子孕沙成珠

颜巧霞 著

YUANFANG 远方出版社

**图书在版编目（CIP）数据**

每一个日子孕沙成珠 / 颜巧霞著 . — 呼和浩特 : 远方出版社，2020.7

（心灵瑜伽系列）

ISBN 978-7-5555-1386-5

Ⅰ . ①每… Ⅱ . ①颜… Ⅲ . ①散文集 – 中国 – 当代 Ⅳ . ① I267

中国版本图书馆 CIP 数据核字（2020）第 064390 号

**每一个日子孕沙成珠**

MEI YIGE RIZI YUNSHACHENGZHU

---

**著　　者**　颜巧霞
**责任编辑**　刘洪洋
**责任校对**　刘洪洋
**封面设计**　鸿儒文轩
**出版发行**　远方出版社
**社　　址**　呼和浩特市乌兰察布东路 666 号　邮编 010010
**电　　话**　（0471）2236473 总编室　2236460 发行部
**经　　销**　新华书店
**印　　刷**　三河市华东印刷有限公司
**开　　本**　145mm × 210mm　1/32
**字　　数**　190 千
**印　　张**　9
**版　　次**　2020 年 7 月第 1 版
**印　　次**　2020 年 7 月第 1 次印刷
**标准书号**　ISBN 978-7-5555-1386-5
**定　　价**　45.00 元

---

# 目录

## 第一辑　挚爱情：爱你，像玻璃弹珠的心


还不清的爱 / 002

伤痕，光阴凝成的琥珀 / 005

爱你，像玻璃弹珠的心 / 007

寻你，在这尘世的每个角落 / 010

愿你一直叫我的名 / 013

圣诞老人一直在 / 016

老棉袄和仙女裙 / 019

每一位做父亲的男子，自有深情如海 / 022

父亲住在月亮上 / 025

和你在一起 / 028

母亲安好的年 / 031

母亲不怕 / 034

合心的礼物 / 037

爱到不能爱 / 040
种下的爱结了果 / 043
你为我的生命打开一扇窗 / 050

## 第二辑　心灵禅：做自己的太阳

不会砌房的厨子不是好厨子 / 058
生活启示录 / 062
人心是块田，种爱得爱 / 065
“给”是一种尊严 / 069
老树绽新枝 / 071
站在幸福的影子里 / 075
光裕巷六号 / 077
一枚铜圆也能站立 / 080
民间词句 / 083
长草的时间 / 085
女人的“饰”心 / 087
一副假牙 / 090
时光有情 / 093
她来过，像流星划过 / 096
腊月里的孩子 / 099
成长是一只经过小鱼的猫 / 102

## 第三辑 青春好：时光有情

青春花 / 106
生命中的第一颗星 / 109
想念给我系鞋带的她 / 112
纸条里的流年 / 114
借给他的钱 / 116
被命运选择 / 118
花谢花又开 / 121
时光如水，记忆如菊 / 124
一千块钱里的绵长深情 / 127
桂花蒸里的那场赌 / 130
我愿做一只普通的玻璃杯 / 133
青春的天空，偶尔也会有雾霾 / 136
独享的春光 / 139
立夏的鸡蛋 / 142
端午的气味 / 145

## 第四辑 流年暖：素日不叹流年

盛夏的果实 / 148
夏日往事 / 150
立秋 / 153

在秋光里行走 / 156
记得那些暖 / 159
冬天的河流 / 161
那些微善良 / 164
这些年，那些爱 / 166
温暖的陪伴 / 169
天使在的地方 / 172
美妙的半小时 / 175
穿旧衣，穿新裙 / 178
素日不叹流年 / 180
她的一生，也像盐 / 183
每个人都有一株“丝瓜” / 186
白白和雪雪 / 188
那些花儿 / 191
被遗忘的池塘 / 194

## 第五辑 万物生：那些花儿

老了的街 / 198
水码头是水乡的逗号 / 201
外婆的荷 / 203
美味不再来 / 206

母亲的菜园 / 208
做“荷”的心 / 211
小镇的河流 / 214
消失在时光里的渡口 / 217
饺子里的丰润时光 / 220
生而为瓜，愿做南瓜 / 223
每一个日子孕沙成珠 / 226
用一双双棉鞋探望故乡 / 229
当善良如影随形 / 232
猪肉摊上的优雅 / 234
一朵微笑 / 236
公交车上的“江湖” / 238
一诺到永远 / 241

## 第六辑　尘世喜：人世有恒

那高个子女人 / 246
在被需要的日子里 / 249
这衣服不贵 / 252
明天也许是个晴天 / 255
有邻 / 258
浴室里的母女们 / 261

兄弟修鞋摊 / 263
亲情是最完美的“补丁” / 266
柳暗花明又一村 / 270
人世有恒 / 273

# 第一辑

## 挚爱情：爱你，像玻璃弹珠的心

这世上谁能像母亲那样爱你？光阴让她如磨损的弹珠般粗糙了容颜，但她爱你，亦如玻璃弹珠挟裹的心，新鲜、明媚，永不褪色。

# 还不清的爱

青春年少的时候，一跟他赌气，我就脸红脖子粗地顶嘴："有什么了不起，等我长大，挣了钱，还你！还你吃的，还你穿的……"还"砰"一声，炸雷似的甩上卧室的门，把他和他的好都隔在外面。

中考的考场安排在县城里。那几日，考场周围弥漫着桂圆、蜂蜜、银耳等各种滋补品的馨香。那是城里的家长特地熬了，带到考场这儿来的。那些和我差不多年龄的考生，总是微微地一口一口喝下去，一脸的幸福甜蜜。家长们也乐呵呵地说："多喝一点儿，多喝一点儿，喝下去头脑清楚，拿高分！"

他很是焦急："人家都在补脑子，你怎么办？"为了节省住宿的费用，他觍着脸带着我访到一个远房亲戚，寄宿人家。

桂圆这样的奢侈品，哪里买得起？再说，怎么好意思烦别人，熬汤煮水呢？

在下午去考场的途中，他瞅着一个药店，毫不犹豫、大步流星地走进去，再回来的时候，手里握着几支葡萄糖——那种葫芦形玻璃瓶装的。他说："听人说，这喝了好，补脑补能量。"可是怎么喝呢？开瓶的小砂轮要另买，他舍不得这钱。

他说："这玻璃薄，好折！"他有力的大手沿着玻璃葫芦颈掰下去，锋利的玻璃碴割开了他的手，立即有血汩汩地流出来，我吓慌了，他甩甩手上的血说："没事，没事！我冬天挑河工时裂的口比这大多了，也不疼！"

上了师范后，我开始需要大把大把的学费和生活费。他不再去建筑工地做抬石灰、搬砖头的小工。这活只能白天干，他嫌挣得太少。他得找一份活儿，夜以继日地干下去。他开始蹬三轮车。别人日出而作，日落而息，他是拼命。凌晨三点，他睡眼惺忪中蹬上车，一家母女俩约好让他送到长途车站。黑天暗地，一小堆碎砖角横亘在转弯处，他一头撞上去，他和母女俩都摔了下来。幸好，母女俩安然无恙。她们大声呵斥他："长了什么眼睛，骑的什么车？"他一个劲儿地说对不住。他爬起来，抹了一把渗出血的膝盖，忍住痛把母女俩送到车站，没收一分钱。

我放假回来，他蹬了他的三轮车来接我，他从大桥上冲下来，风一样快。那架势仿佛青春的少年。可是，我看见在夕阳下，他半头的白发，闪着莹白刺眼的光。

我工作了，在一所僻远的乡村小学，没有宿舍，不通车，每天蹬着自行车来去，回来都累得惨兮兮的，一挨床就能睡着。

他开始关心世事人情。他用四年的时间精心养了一群老鸭。他的老鸭不喂饲料，只吃稻谷。他把鸭送给一个远房的权贵亲戚。人家其实不在乎他的老鸭，可是耐不住他一只一只地送，送到人家心疼了他。后来，我就被调到离家近的学校，在他身边，工资开始上调，也有了稿费。我想起青春里倔强的誓言，还他吃的，还他穿的……还他的爱。

一切却来不及了，癌细胞已在他身体里肆虐。我只是在陪他去医院的途中，伴他在餐馆里吃过一顿面，可面已不能做成他爱吃的麻辣味的。只是在陪他去医院的途中，给他买过一件羽绒服，可他只穿过几天就永远地留下了。我甚至没来得及给他买上一部手机，他没能从手机里叫过一次他女儿的名字……

如果有下辈子，一定让我和他换过来，让我能好好地还他的爱。

# 伤痕，光阴凝成的琥珀

在接手这个班之前，同行们就热心地告诉我，他唇角下有一条蜈蚣样的疤痕，被小伙伴嘲笑的时候，他曾像一只发怒的小公牛，冲上去，狠狠地揍了那人一顿。

一眼，我就从孩子们中认出他来，黝黑的皮肤，扑闪扑闪的大眼睛。我抛出的每一个问题，他都大声说“我、我、我”，像生了蛋的老母鸡，一路咯咯咯叫，恨不得全世界知道了才好，一点儿也看不出是个单亲家庭的孩子。

天有不测风云，母亲在他五岁那年遭遇车祸，没能活回来。五年了，父亲没有再娶——父亲舍不得委屈他。

私下里，我们一群老师还是很心疼他。一个没了母亲的孩子，虽然父爱像阳光般热气腾腾，但少了细雨般的母爱的滋润，仍是有些缺憾。

课上，我出了一个互动话题——妈妈的爱。这些可爱的孩子都口齿伶俐，我话没说完，他们就举起手来。我逡巡了一遍，看到他时，发现这一次他没有举手。他用手轻轻地抚摸嘴唇下面的疤痕，若有所思。我心里一咯噔：哎呀，把他忘记了，他是没妈的孩子呢！轮到他时，他该怎么办？我有些后悔问这个问题。

可是学生们已经跃跃欲试，小手举成一片森林。他们一个接一个说下来："我妈妈爱我，每天早晨起来给我煮牛奶，煎鸡蛋。""我妈妈总是陪着我做作业。""我妈妈撑雨伞都是撑在我身上，淋湿了她自己。"

轮到他了，他说："我妈妈也很爱我。我还记得我五岁的时候，我像个小尾巴一样跟在她后面，她往屋前，我也往屋前。那天，她跑得快，我撵得急。我一脚绊倒，磕在门槛上，下巴流出血来。妈妈急坏了，一把抱起我跑了好几里的路才到诊所。我的下巴缝了好几针。妈妈哭了。现在我摸摸下巴上的疤痕，就知道我妈妈爱我。"

我的心放了下来，母爱从没有离开过他。真的感激生活里一块意外的伤痕，它被时间凝成一块透明无瑕的琥珀，我们看见母爱在里面安然生长，枝繁叶茂。当这个十岁的孩子抚摸它的时候，他似乎看见母亲慈爱的目光，触摸到母亲柔软的手，甚至还能感觉到母亲温暖的泪滴。这伤痕，让孩子的心在漫长的光阴里不受伤。

这是上天留下母爱的最美好的证据。

# 爱你，像玻璃弹珠的心

父亲去世后，母亲一人独居。终于逢着假日，我去看她。午后淡淡薄暖的阳光慵懒地照着老房子，屋子里我陪母亲说话，帮着她收拾家里。在那个赭黄色老式雕花茶几的抽屉里，我翻出两只玻璃弹珠。弹珠表面的玻璃已经毛糙不平了，内里却清晰，卧着一弯月牙心，月牙的颜色是深蓝和鹅黄，这黄和蓝还如当初新鲜着，一点儿也没颓败。

母亲转过头来，看到我握在手心里的两颗玻璃弹珠，她笑起来："这弹珠是你小时候玩的，你不记得了？你爸从工地上捡回来，你一看到就不撒手，你爸不肯给你，你还哭鼻子，死赖着不肯去学校……"我怎么一点儿都不记得了？弹珠有什么好玩的，我又不是男孩子，怎么会为弹珠哭过鼻子？可母亲记得很清楚，言辞凿凿。

母亲撇开这话题，望着我的头发说：“你今年不烫发？”我回答她：“不烫。”她追问：“为什么不烫？我觉得你以前头发烫起来挺好看的。是不是今年买了新房，舍不得再花钱了？”我摇头否认。她叨唠着：“那你去把头发烫起来，钱算妈妈的。”我给她解释真不是钱的问题，我的头发因为前两年一直烫，损伤得厉害，今年是不想再折腾了。母亲听我这样说才作罢。

陪着母亲吃完饭，我要走。她放下手中的碗筷说：“丫头，你等等。”她走进堂屋去一番摸索，手里握着一叠薄薄的钞票出来，她把这钱往我手里塞。我推开她的手，她着急了：“这一千块是妈妈给你的新房贺搬礼钱，你不要就是生妈的气了。”我笑了：“妈，我生你什么气？”她竟细细地剖析开来：“你一定是气我住的这四合院留给弟弟，镇上一百三十平方米的楼房给了弟弟，两处房产都给了弟弟，你买新房，倒只给了一千块钱！”

我一把接过钱来揣口袋里，她开心地笑了。我心里既喜悦又忧伤，母亲这么细致地想着我，真是没有想到。我心里没有计较过我和小弟在他们心里谁更重。她和父亲在那么窘困的家境下供我把书念完，而小弟早早辍学了，我又怎么会觉得他们对小弟更厚爱？我是心疼她。父亲去世后，她一个人要怎样省吃俭用才能存下这一千块？在她心里，却把我的各种想法考虑过千万遍了。

我跑回堂屋，把抽屉里的两只玻璃弹珠握在手里，告诉母亲说，这两只玻璃球我拿回家去，放在金鱼缸里供人观赏。

其实，握着这两颗弹珠就仿佛把年幼时和母亲在一起的甜蜜细节握在手里了。这世上谁能像母亲那样爱你？光阴让她如磨损的弹珠般粗糙了容颜，但她爱你，亦如玻璃弹珠挟裹的心，新鲜、明媚，永不褪色。

我走时已是薄暮，起风了，母亲却坚持站在路边送我。我听到她在我身后大声地说："过几天我去看小宝（我的女儿），给她带鸡蛋、鸭蛋……"我回过头去，朝她挥挥手。风吹乱了她的发，她慢慢地变成了一个小黑点……

# 寻你，在这尘世的每个角落

除夕，我们在新房的外面放烟花。烟花腾地飞到空中，绽放出五彩炫目的光。我微微地叹口气，先生细心地听到，关切地问："过春节，你叹什么气？"我说："要是我爸还在，该多好！"

又是一年春天，我们的日子也如春天般蓬蓬勃勃的，从乡下搬到城里，小房子换了大房子，过上看山山清、看水水明的好日子，只是不见了你。

感谢记忆，我依然可以寻找到你。年纪那般小的时候，读书的学校离家远，逢到雨雪天，泥泞不堪的小路、没栏杆的木头桥、饥饿的野狗都让我张皇失措。母亲在家照看幼小的弟弟，你一下工地便急急忙忙往学校赶。黑色的夜幕下，一点猩红色的火光在闪烁，是你迎接我来了。你怕错过我，特地抽着烟，小小的我看到那点闪烁的红光，心就喜悦起来。过木桥时，你的大手紧紧地抓住我，我一点儿都不害怕，因为有你在！

长大后，我去外地读书，母亲晕车，都是你一个人辗转着倒几次车来看我。临来前，你拼命在工地上打晚工，别人都去歇息了，而你愿意继续干。见到我，你把身边的钱掏得一点儿不剩，你说我瘦，要多买点儿好的吃，不要省，有你呢！其实你递钱给我的手像树枝般干巴和粗糙，白发也悄悄爬满了头。

都说女儿是母亲的小棉袄，我和母亲却像冤家，会针尖对麦芒地吵架。母亲数落我，我的眼泪汹涌而出，没有吃饭就跑了出去。你骑了车来找我，把我拖到车上。我靠着你的后背，像靠着一堵结实的墙。怎知道，这“墙”被岁月风化了，你突然患了病，令人猝不及防地离开我们。我和母亲，她不再凌厉苛刻，我也不再张牙舞爪，像冬日暖阳下的两只猫，互相依偎着取暖。因为我们知道，爱我们的你，希望我们和睦。

我在这尘世的每个角落寻你。门前的那块菜地是你开辟出来的，你一犁耙一犁耙地翻垦出活土，如今这块地里的葱蒜一律俏生生地站着，像排排绿玉。相隔不远的娃娃菜，也鲜嫩水灵得能掐出水来。你在的时候，一定趁着最新鲜时，一棵一棵地拔下来，装在你的三轮车上给我送过来。

经过尘土纷扬的建筑工地，石灰堆旁两三人闲站着，唯一位老人正奋力搅拌着泥灰，斗大的汗珠滴落下来，他擦也没有擦一下。我的心蓦地一疼，身形瘦削、那么肯卖力干活的他多么像你。

从已到终点的车跳下，三轮车主们像抢食的家鹅一拥而上。别的乘客一脸厌烦地挥手。想到你也曾是候客的三轮车主，我选定一个年老的车主。他有一张如你一样的憨厚老实的脸，我坐在他车上，仿佛你还在我身边。

…………

你这么聪明，知道我会寻你，所以从来没准备从这个人世真正走失，我念你的时候，总能找到你。

# 愿你一直叫我的名

下了班，我去接孩子。孩子看见我，兴奋地朝我扬了扬手。我看见她手里卷起的长纸卷，是她的画。我骑车载着她，一路往家去。快要临近第一个十字路口了，在车水马龙的大街上，我竟然听见了我妈的声音，她用高亮的嗓门，一声接一声地唤着："小霞，小霞……"在纷攘的人群中我定睛四顾，真的是我妈在向我招手，两个同村大婶伴她左右。我走近，听见她们笑闹她："你知道那是你的小霞？"我妈用肆无忌惮的笑声压下她们的戏谑："我自己的丫头，我还不认识？"

"妈，你怎么在这里？"她说："我就是等你的。"她把她三轮车上的韭菜、竹笋、小青葱、大蒜苗一股脑地取出来放进我的自行车车篮里。她看见坐在后座上的孩子，笑容更灿烂了："小宝，你手里拿的什么？"孩子自得地递上她的画。我妈兴高采烈地展开来给同村的大婶看："你们看，画得多好看呀！"孩子在一旁大叫起来："外婆，你把画拿倒了！"我妈并不听她的，自从我爸去世后，她的听力就下降了，只管给人家说："看看，这花朵、月亮画得多像！"孩子一个劲叫嚷："外婆，你拿倒了，倒了！"孩子的小脸憋得通红，她一定觉得这样不识字、不懂画，还到处显摆的外婆，丢死人了。

多年前，我也是孩子这般大的时候，妈妈有一次来学校找我。对不识字的她来说，学校像一座迷宫，一模一样的教室，每个教室里又塞满了差不多大的孩子，她找我的难度好比从一块麦苗地里找出一棵普通的麦苗。我知道别人的妈妈知书达理，都是先去办公室找老师交流，然后老师进教室来，温柔地说一句："你妈妈来了。"我妈不懂得这一套，她有自己的法子。她亮开嗓子，在校园里大叫我的名字。一声、两声、三声，那声音很快就响彻云霄，不由分说地冲进我耳里，那样粗鲁，我很想假装不认识她。从她嘴里呼喊出的"小霞、小霞"，每一声都如锣鼓般击在我心上，用不了多久，同学们就会用排除法猜出是我。我觉得丢人极了，采取速战速决的办法，从教室里冲出去，马不停蹄赶到她身边，对她好一通抱怨："喊什么喊？丢人死了！"她火暴地说："喊你怎么了？"

时光最是偷梁换柱的窃贼，我都有孩子了。去年的这时候，我正在教室里给孩子们上课，伯家哥哥气喘吁吁地跑到我面前："小霞，你妈摔倒了，神志不清呢，你赶紧回去看看。”我到家的时候，她仍然在屋后面的菜籽地里劳作着。我说：“妈妈，是我。”她说：“你是谁？”我赶紧说：“我是小霞呀！”她说：“小霞是谁？不知道，不知道。你别挡着我，我要把菜籽弄出来，天要下雨了。”她的眼睛没有一点儿神采，她真的认不出我了。她不像往常那样兴冲冲地说：“呀，小霞回来了，我丫头也知道回来看看妈！”我慌了，哥哥说，妈妈是在给他推电动三轮的时候，因为惯性，一不小心摔下去的，起来后就变成这样了。

我死活拖着她去医院。进医院两个小时后，她终于认出我来，她问我：“小霞，我怎么在这里了？”听见她叫我名字的刹那，我感觉黑漆漆的天亮了起来。

她的身体渐渐好转，我又能听见她叫我的名字。她虽独居，但种了许多种类的时令蔬菜，别人每每说她浪费，她总是回答：“我丫头爱吃！”我与公婆同住，虽然公婆极其善良热情，但她也不肯多来我家。她在我下班经过的十字路口守着我，叫我的名字，给我新鲜的蔬菜。她说：“小霞，定好了，以后我就在这里等你。”

看着她骑三轮远去的背影，我的鼻子突然一酸，在心上虔诚地祈愿：“愿你能一直这样叫我的名字。”

# 圣诞老人一直在

一直记得那个圣诞节，连着休息日，学校放了三天假，为了省回家的路费，我并没有像其他同学欢天喜地地买了车票，赶回有父母的温暖的家。

假日里，我一个人在冷冷清清的宿舍里翻看远方同学寄来的圣诞贺卡。门外有熟悉的声音叫着我的名字，我推开门一看，竟然是父亲。

父亲灰白的头发上粘着细小的沙砾，上身依然是那件已穿多年的瓦灰色中山装，我认出那条褐色的裤子是姨夫送他的。姨夫高，父亲穿他的裤子，显然长了一大截，他把长裤脚卷了两卷。父亲脚上套一双军用黄球鞋，鞋上布满泥水斑点。

父亲把身上的袋子拿出来，我打开一看是一双桃红色的雪地靴。我羡慕宿舍里女孩子们的雪地靴很久了，但我知道父母亲不容易，小弟幼时生的一场病让他们变得穷困和提前衰老。我的大学通知单在别人眼里又是给他们雪上加霜。父亲不管别人重男轻女的腐朽思想，拼尽力气把我送进大学的校园。在寒冷的冬日，我虽然觉得脚上母亲手工缝制的花布棉鞋土气得很，也有虚荣和自卑两只小兽在年轻幼稚的心里叫嚣，但我怎能不懂事地再向瘦瘠如冬树的父亲要求价格不菲的雪地靴？

父亲一个劲儿地叫我试试合不合脚。我摸着这桃红色打底边上镶了整整一圈柔软白毛的鞋，心里高兴得说不出话来。那一刻，我觉得父亲就是圣诞老人，简直能听见我心底的声音。

吃了午饭，父亲立刻要走，他是从工地上赶来的，他在隔壁城市的建筑工地上做拌石子、抬沙灰的粗重活。他说："看见女学生们来来往往都穿这样的靴子，一定很暖和，所以我央工地上烧饭的大嫂帮你挑选了一双。"他又特地跟工头请了半天的假，给我送过来。后来，从母亲嘴里我才知道，父亲用打了五个夜工赚来的工钱给我买了这双靴子。

在我每一次孤单和无助的时候，父亲都像那个有魔法的圣诞老人给我带来温暖。还记得那个新年，父亲不在家，我和母亲因为相似的脾气又一次顶牛，大哭中我摔门而去，可是我能去哪儿？新婚的家势必不能回，婆婆和先生会诧异坚持要去娘家小住的我竟然又回。身上没有一分钱的我独自在寒风中游荡。父亲在街角找到我，只说了一句："丫头，跟我回去，你还不知道你妈？”我满心的委屈刹那烟消云散，坐在父亲的后车座上，靠着他宽厚的背，身上如棉絮包裹般暖和。

有着文学梦想的我，直到父亲离开我的时候，才因为他陆陆续续写了文字。写父亲的第一篇文章很快见报了，是父亲对我的爱深深地打动了编辑老师。这个圣诞节，我又想起那些温暖的过往，写下的这些文字，是父亲在天堂送我的圣诞礼物。

# 老棉袄和仙女裙

五月的乡村，天气乍暖中还有些薄凉，我穿着乳白色仙女范的长裙去看望母亲。见到母亲，我吓了一跳，她还穿着老棉袄。老棉袄的“老”不指袄的厚度，指它经过的光阴。这件棉袄堪称大龄，比我小不了几岁，跟小弟同龄，有三十年了。那会儿添了小弟，为给小弟庆生，母亲做了这西瓜红色袄。袄是当时时兴的款式，小圆领，衣襟外面不钉纽扣，里面用白色不锈钢揿钮做暗扣，艳丽中又显简朴，是贫窘人家的喜庆装扮。小弟生下后不久就生了病，父母亲抱着他辗转大小医院。幸运得很，小弟活了下来且健康起来，但花去的医药费使父母亲背上了庞大的债务。

乡村的主妇们平日也不讲究，只是春节时要花红柳绿地穿戴起来，图个新。母亲依然只有那件西瓜红色的棉袄，只穿个大年初一，初二就换上旧衣，到下一年春节再把棉袄从橱子里取出上身。母亲这袄一穿有十多个年，他们终于还清外债。我也日渐长大，还考上一所师范学校，大笔的学费对窘困的家来说是个难题。左邻右舍纷纷劝说父母亲："姑娘大了总归要嫁人，嫁出门的姑娘泼出去的水，书念不念有什么要紧？"村庄里与我年龄相当的女孩都被她们的父母遣出去打工了，她们不仅不花费父母的钱，还能寄回不少的钱供家用。

幸好，我的父母亲没有动摇。他们坚持再难也要让我把书念下去。我去外地念书的时候，会点儿缝纫手艺的母亲，便接了裁缝店的活来干，帮人轧鞋口、做鞋垫，时常熬夜至凌晨。每每暑假结束返回学校的前夕，我从父亲手里接过预定的生活费，母亲总要偷偷地另塞一些钱给我，那是她一分一分积攒起来的，为了让我买件好看的裙子穿，不在同学们面前太寒酸。她自己只是拣大姨送来的旧衣穿。

终于我和小弟都工作了，家境好转。母亲似乎苦尽甘来，然而，父亲又生病了，短短两年后，就剩下母亲一个人。她生病去医院也不告诉我，怕打扰我工作。医生问她："你女儿做什么去了？"她说："我丫头教书忙，让她好好工作。"因为小城很小，医生们对很多人也有些面熟，想必看到她的脸，便想起我来："是不是那个爱穿裙子的教师是你女儿？"母亲连连点头。这都是叔伯婶婶后来告诉我的。

看到母亲穿着这老棉袄，我笑话她："妈，都五月了，你怎么还穿着这棉袄？"她笑我的不懂："这个袄又薄又旧，穿上好干活。”这么多年下来，当初的老棉袄早被时光虐成薄薄的两层布。她要去挖笋、割韭菜、拔葱挖蒜给我带回城里去，那些是她亲手种的无农药绿色菜蔬，我要去帮忙，她赶紧拦住我：“你这白裙什么地方能去？青菜汁染上去，洗不掉。”

母亲走去菜地里，又钻进竹林里，看着尘满面、鬓如霜的她为我忙忙碌碌，而我裙裾飘飘、临水佳人似的站着，那一刻我心头的心酸、幸福齐涌起。如果没有这样身着老棉袄的母亲，我又怎么能仙女裙、文艺范地出演自己想要的幸福生活？

这一辈子我怕是还不清她了。

# 每一位做父亲的男子，自有深情如海

单位组织集体去旅游。到了旅游区后，我们一帮女人在当地一家特色产品店里迈不开脚。店里卖些给孩子使用的竹制品，用天然的竹子做成玩具、饰品、学习用品……我从琳琅满目的物品中一抬头，发现平日不苟言笑的单位头儿竟然也夹在我们这帮女人中间，对待售的竹制品左顾右盼，精挑细选。他终于选了一个用竹子根部雕成的笔筒，笔筒上刻印了极精致的兰花。我夸赞头儿的笔筒很有古朴的意趣，他一反往日的威严，面露喜色，兴致勃勃地告诉我：“这是给我家丫头选的，丫头喜欢这些玩意儿。”听闻头儿只要提及他可爱伶俐的女儿，冰窟般的脸立刻解冻成阳春三月。

再说一个做父亲的男子，邻家男主人。他在一家企业做老总，性格冷静沉稳，素来不喜与人说笑，碰到我们这些相处多年的近邻通常是点头算作打招呼，绝没有“远亲不如近邻”的一团和睦，他像玻璃柜台里储藏的红酒，看着有些森然、遥远、不可亲。

邻家主妇全然相反，热情好客，时常邀请我去她家做客。某一日，应她邀，在她家相聚闲聊，忽逢她的小儿子从睡梦中醒来，那小娃一点儿不给我们面子，哭闹声如铃声大作的闹钟声。邻家主妇抱他、哄他，冲奶粉、兑果汁喂他，他只是风卷雨狂地哭，把我们两个女人急得团团转。束手无措之下，门“吱呀”一声开了，男主人回来了。他二话不说，接过孩子往房间里去，一跃跳到床上去，在床上一边做弹跳运动，一边嘴里唱着：“小兔儿乖乖，把门开开，爸爸回来了！”我瞠目结舌地看着他站在床上又蹦又跳，孩子渐渐在他的歌声和跳动中展露笑容，还发出“咯咯咯”的笑声。邻家主妇看着我惊讶的样子笑起来，她有些自得地说：“以前，我也不知道他竟然还有这一面！”

公共汽车里，后座上坐着一家三口。我回头看，小姑娘四五岁模样，像个真人款的洋娃娃，肌肤洁白如瓷，垂下的眼睛上覆盖着的长黑眼睫毛像停歇的蝴蝶翅膀，她正坐在爸爸的腿上。爸爸一路喋喋不休地问她：“妹妹跟哥哥谁更厉害？妹妹喜欢老虎还是狮子？妹妹爱吃奶油蛋糕还是巧克力蛋糕……”小女孩却是恹恹的，一句都没回答他。这样一个大男人太啰唆。他不顾及我的目光，仍是重复地、不厌其烦地问小女孩话。那位妈妈倒是什么也不说，只是闷闷地看着父女俩。车行多久，爸爸就讲了多久的话。终于，他们下车了，车子上清静了。一乘客突然对她同伴说：“我认识刚才的那家人，可惜那个漂亮女儿是个自闭症患儿。”我在心里惊讶地叫了一声“啊”，难怪爸爸一路上在女孩耳边说了那么多的话，他想唤醒女儿沉睡的心。

我常常回想起生活中这些温暖或者悲伤的片段，在心底深深刻印下这些做父亲的男子，不是因为他们的平凡或者伟大，而是他们对待孩子时那永远的款款深情。

# 父亲住在月亮上

清朗朗的月光水一般泻下来，天井里有树摇曳的影子。一抬头，月亮悄悄地攀上半空了，又圆又亮，像新嫁娘的镜子。父亲若是健在，一定忙着搬桌子，摆果碟，敬月亮。

父亲把方桌摆在天井中间，正对着月亮。桌上稀疏的几碟吃食，比拇指大一点儿的野菱，刺猬样的两只“鸡头”，瘦瘠瘠的藕，还有石头一样硬的几块月饼。我们看看桌子就了无兴致了。

隔壁的孩子跑来炫耀，说他家装了十个碟子敬月亮，有紫莹莹的葡萄、红彤彤的柿子、咧开嘴笑的火红的石榴……他的父亲在一家机械厂上班，这些都是厂子送来的中秋节礼。我和小弟心里既羡慕又嫉妒，那些情绪像不安生的兔子，蹦跳着鼓捣我们。我们恨父亲没本事，有意赌气，不顾父亲说要一家人一起赏月的话，早早睡觉了。父亲是个泥腿子农民，除了土里刨食，他没有别的挣钱的技艺。

孩子的心遗忘得快，那些热烈的渴盼，就像悄然掠过湖面的水鸟，转眼无影踪了。父亲却把这些都记在心上。

下一年中秋前夕的那段日子，每晚父亲割完自家的稻子后又急忙忙出去，直到半夜才回来。我们从睡梦中睁开惺忪的眼，父亲似乎刚刚回来，身上的确良白褂子汗湿得像洗过一般。

一天夜里，父亲叫醒我们，他手里举着大袋子，里面装着苹果，个头很大。我们眯缝的眼立刻瞪得溜圆，看到还有橘子。他喜滋滋地告诉我们，那不叫橘子，是橙子，跟橘子长得像“双胞胎”，好吃得很。他脸上喜悦流淌，兴奋地说：“今年中秋节我们家桌子也很丰盛。”

原来，一个远房亲戚，夫妻俩都是单位上的人，做不来重活，他们家的稻子熟得快趴下了。他们很自然想到老黄牛般肯卖力气的父亲。作为酬谢，他们送了些单位上发的水果给他。他甭提有多高兴了，白天忙家里，晚上就去帮他们忙。

为了中秋节我们家的桌上也是琳琅满目的阔绰，后来的日子，他就这样年复一年，不眠不休，颠倒黑夜地忙着，他满头青丝渐染上大片白霜，他的健康也在生活的风吹雨打下土墙般颓然坍塌。老天终于狠下心来把他带到我们够不着的地方。

我想，父亲一定是住在月亮上了。他说过，不管多忙，全家人要坐在一起赏月。我和小弟学着他的样子，在方桌上摆满果碟敬月亮。月光似水般柔和，多像他慈祥的脸。今夜，我们和父亲共一轮明月。

## 和你在一起

一直记得那个夏日的午后，我贪玩成性，明明看到天变了脸色，也不愿回家。我和伙伴躲在人家的屋檐下，看狂风乌云大作，雨点像豆子似的哗啦啦洒下来，紧跟着轰隆隆的雷声夹杂在忽闪闪的闪电中呼啸而来，雨倾江倒海似的倒下来，我们这才心惊胆战，奋不顾身冲进雨瀑里。

当我像落汤鸡一样站在你面前，你没有递过干毛巾，也没有拿来干衣服。你用沙哑的嗓子大声骂我，那些严厉苛刻的话语像外面的狂风骤雨劈头盖脸地扑向我，我只觉得疼和冷。我的眼泪下来了，我甚至怀疑自己不是你亲生的孩子，不然你怎么舍得那样骂我？

许多年后，我自己做了母亲之后，我知道你是爱我的。你的嗓子，是在无数次呼唤我都没能听到我的回应后，喊哑和急哑的。脾气火爆的你，在经历了深深的恐惧后，怎么会和颜悦色？

可是，彼时年幼又小心眼的我自此就跟你有了嫌隙。当我离开你去远方的城市求学，那一刻我心里泛起丝丝欣喜。

我走后，你每次一拿到碗，就要哭出声来。你听说，我们吃饭是十个人一盒饭分了吃。想到性格柔弱的我，也许在如狼似虎的同学堆里吃不饱、喝不足。家本来清贫，会一点儿缝纫手艺的你，就去帮人锁纽扣一直到凌晨，多挣了一点儿钱。用那钱给我做吃食，炸了肉圆子、炖了红烧鱼、整整一箱的鸡蛋糕……送到我的学校。

毕业后，我回到家乡工作，又回到你身边。有男孩子追求我，我恋爱了，你开始操心，我能不能担起一个好媳妇儿的责任。你假设了我未来的婆婆有无数的规矩，我根本不听你的。我们开始吵架，很凶地吵，我再一次觉得要远离你。

我早早结了婚。

婚后的日子很幸福，公婆对我疼爱有加，工作又忙，我很少回去看你们。父亲常常送些新鲜的鸡蛋、瓜果、蔬菜来，你几乎没有来过。父亲临走的时候总要说一句："你妈偏叫我送的！"我知道，这是真的。父亲虽爱我，但他没有这样细腻的心思。

我和你也许就是这样，像刺猬，靠得太近，会互相伤害；远了，会想念。你的想念满溢，而我只是偶尔。

父亲的身体顷刻之间垮了。为了不耽误我们工作，你总是一个人陪伴在他身边，直到最后那一刻。父亲走后，你真是一个人了。刚过五十岁的你，满头的青丝就白了大半。我看着觉得满心悲伤。

我领着孩子回去看你，你不再像以前那样冲我发脾气，你一边欣喜地逗着孩子，一边温暾暾地诉说村庄上一些老人情。我们要走的时候，你就站在路边看着，一直看着。有一次，我回过头去，看到你仍站在原地，已变成了一个模糊的黑点。

时光终于磨平我们彼此身上的刺，接下来的日子，我会和你在一起，好好度过余生。

# 母亲安好的年

一进腊月，主妇们碰面招呼，往往不约而同地问："忙年了没？"话语是响亮亮的，透着欢乐。

"年"忙什么呢？男人们照例只管祭祀和祝福，而洒扫庭除和做吃食都是女人的事，做面饼、蒸包子、炸肉圆、腌腊肉、拆洗被面、扫尘……这些活都得在一个主妇手里过一遍。做小女孩的时候，单知道盼年，长大后做了人家的妻，成了主妇，才知道年还是一份沉甸甸的责任。

我发现自己不是一个好主妇，忙年的活，我都不能手到擒来。这"不能"也许是借口，只因为我有大树靠着好乘凉。母亲每年在中秋时分，必要捉上一只小猪仔养着。待到腊月，猪仔长成肚子溜圆、肥头大耳的阔气样，母亲便请人宰了它。然后她一个人噼里啪啦忙开了，卤猪头、腌腊肉、灌香肠、炸肉圆，蒸包子……包子的馅她又调出几种来，猪肉的、红豆沙的、萝卜的和野荠菜的。她总是边忙边念叨："儿子、女婿、姑娘、媳妇的口味各个不同。"等她忙停当，打电话让我们回去取吃食，她分得一清二楚，儿子好吃卤猪头，只吃猪肉馅的包子；姑娘爱吃腊肉和荠菜包子……我们做儿女的却一直弄不明白她喜欢吃什么。每次让她吃，她不挑不拣，只乐滋滋地说："好吃，真好吃！"

婆婆跟母亲一样，在腊月里忙得脚不沾地，洗窗帘、被套，洗一切家里可洗的东西，准备一切有吉祥寓意的事物。她不嫌烦累，跑猪肉摊上买了几串大肠并收拾干净，再极其虔诚地告诉我们："有大肠就代表一家大小长命百岁……"她看不上超市里的袋装圆子，除夕熬到深夜，和面，然后用手搓圆子，她郑重其事地说："年初一早起一定要吃手搓圆子，心诚，一大家子当然团团圆圆、平平安安！"

一个腊月下来，母亲们要累瘦一圈，而我们这些儿女晃晃荡荡，在家里像观光游览的客人。有人说："母亲的腊月，儿女的年。"的确如此，天下的母亲莫不是如此对待自己的儿女。

有母亲陪伴在身边的人多么幸运。老舍先生在《我的母亲》中写道："人，即使活到八九十岁，有母亲便可以多少还有点孩子气。失了慈母便像花插在瓶子里，虽然还有色有香，却失去了根。有母亲的人，心里是安定的……"

是的，母亲安好的年，不仅是因为母亲给了我们无法比拟的宠溺，还因为有她们在，我们可以心安理得地做孩子，意气风发地盼着年有母亲在，那光阴便不老，这是心上的大快乐。

# 母亲不怕

以前，我怕黑。天一擦黑，我就像一只害怕遇袭的蜗牛，早早地瑟缩在自己的小窝里，大门不出、二门不迈。遇上非要出门的事儿总得有人陪，小弟、老公、父母，都被我抓过壮丁来壮胆。

那天晚上九点，老公还没回来。婆婆告诉我，宝宝在一个小时内已经泻肚两次了。我一听急了，火烧火燎地出门给她买药去。婆婆追在后面："带个电筒，带个手电筒呀，路上黑。"我哪里还等得及婆婆从哪个旮旯搜出手电筒来。我一迭声回："不怕，不怕，我不怕黑。"当我穿过没有人家的长长的黑巷子时，路旁草丛里突然一声响，"嗖"的一下蹿出一灰色的东西。我竟没有抱头鼠窜，反而镇定地告诉自己："不就是一只流浪猫嘛！"又大踏步朝小镇上唯一的药店赶去。

想起那个夏，三伏的夏，一丝风也没有。热呀！树叶半死不活地耷拉着，蝉声嘶力竭地叫着，小狗伸长了舌头，呼哧呼哧喘着气。母亲在灶头呼啦啦翻炒着一锅糯米。她要把米炒熟，给我们做焦面吃。这是村里的老传统了。据村里上年纪的老人说，小孩子在伏天吃了焦面，下一年都不会生肚痛的毛病。炒米是个慢工细活，灶头翻炒得一个人，灶下添柴火又得一个人。父亲出外做工，母亲又舍不得支使我们，她一个人灶上灶下地忙活，豆瓣大的汗珠一个接一个摔下来。我们没心没肺地问："妈，你热不热？"母亲答："不热，我不怕热。"我们便信以为真，自顾自去乘凉。

三九寒冬，滴水成冰，婆婆仍像往常一样凌晨四点就起来了，她要赶在她儿子起床前熬好粥。婆婆熬粥，精心搭配营养，花生、莲子、玉米、白果、桂圆粥交替着熬，她严格注意着熬粥的时间和火候，比小学生考试更尽心。她的儿子——我的老公是一所中学的毕业班班主任，每天六点准时从家出发。婆婆说："这早饭一定得吃好！"老公是个孝顺儿子，多次劝说婆婆："妈，你别起得这么早，天这么冷，我早饭到街上的早点铺吃，一样的。"婆婆说："不冷，不冷，我一点儿都不怕冷。这街上卖的哪有家里的卫生、合你口？"其实婆婆的脸上早有了冻疮的斑痕，手也冻肿得像个馍头。

我还从报纸上知道，一位妈妈为了儿子，连续暴走七个多月。在七个月时间里，她日行十千米，走破了四双鞋，以前的衣服也变得肥大宽松起来，她终于如期盼的那样瘦下来，体重从 68 千克减到了 60 千克。当她再去医院检查，她的重度脂肪肝奇迹般的消失了。她可以给她的儿子捐肝了。手术前，医生详细地向她解释了手术并发症。当医生所说的任何一项手术并发症在我们听起来都觉得很可怕的时候，她没等医生把话说完，就脱口而出三个字："我不怕！"

是的，做了母亲后就不怕了。母亲为孩子，不怕霜寒酷暑，不怕流血疼痛，不怕丢心失肝……这世上有母亲不敢为儿女做的事吗？

# 合心的礼物

下班的时候，妞妞已被她爷爷从幼儿园接回来了。我照例一进门就唤一下她的名字，她没有像往常那样跟我玩“藏猫猫”的游戏，这一次，她飞快地从卧室里冲出来，扑进我的怀里，把一条手链放我手心里。

一条粉红色的水晶手链，她一直最喜欢粉红色。我未及开口说话，她就迫不及待地告诉我：“妈妈，这是我送你的三八节礼物。”原来是给我的手链呀！她爷爷恍然大悟地说：“这几天妞妞主动要求不买零食，用省下的钱购买了这条手链，我还以为她自己喜欢呢！”

望着那条造型幼稚、手工粗糙的手链，我面上平静，心里却波涛翻滚，涌起各种情愫，如烈日下焦渴的人把荷叶上的露珠啜进嘴里的清凉，又如乍见暗夜里烟花突然腾起的璀璨，还像农人望着隆起的粮仓般骄傲和满足……

我把妞妞送的手链戴在手腕上到处招摇，不理会别人讶异的眼光，她们不知道这礼物有多合我的心。看看妞妞，想想自己，是做母亲也是做女儿的人。生命这样在传递。

上个月回家看母亲，她还是一如既往地当我是小孩子，什么家务也不肯让我来做。我只是乖乖地待在忙碌的她身边，陪着说说话。漫不经心的闲扯中，母亲说起一种暖手宝，她在邻居家看到，是可爱的小枕头形状，用柔软的金丝绒包面，插上电后只要三两分钟的时间就变得热烫烫的，白天捂手、晚上暖脚都好。母亲说的那种口气，活脱脱像一个孩子向往心爱的玩具。

我心思一动，我怎么竟不如妞妞有心？手头的事要紧不要紧的都可以放放，我骑车去寻这样的暖手宝，小镇上竟然没有卖，我又乘车去了城里，用了一个下午的时间终于找到母亲说的那种款式。

回家，我把装有暖手宝的口袋塞进母亲手里，她打开来一看，嗔怪我："这孩子，都春天了，天都暖和了，还买啥暖手宝？"

我本想像妞妞那样喜笑颜开地说："妈，这是我送给你的三八节礼物。"憋了半天却说不出口。年岁渐长，越发不善表达爱意。终了，我只是争辩："妈，这不是倒春寒嘛！"偷眼瞧母亲，发现她嘴里责怪，面上却喜悦攀爬。她利落地走到卧室去插上电源，试暖手宝的效果。过了一小会儿，她跑我面前啧啧称赞："东西的质量是好的！"

不得不感谢三八节，我和女儿用一份小小的礼物，让爱像生命那般做了一次美好的轮回。节日就是这样，让原本沉睡的情愫有了绽放的机会。日子本来寡淡如一杯白开水，但因为有了这些大大小小的节日和节日礼物的点缀，才变得美好引人盼。

# 爱到不能爱

父亲的生命也许像阳光中裸露的雪，就快消融了吧？人们告诉我，癌症病人到最后都是很疼的。我问：“爸爸，你疼吗？”他摇摇头，他已没了说话的力气。歇一口气，他缓缓地说：“不怎么疼。”我执意问：“哪儿疼？”他指了指自己的胸。我伸出手去抚摸，泪一下子涌出来。那是什么身体啊？除了一张松垮的皮，就是嶙峋的骨，像石头一样硌着我的手，又像老树虬生的枝节戳我的手，温暖绵软的肉哪里去了？

我问：“爸爸，你要吃什么吗？我去买。”他说：“宝宝，我什么都想吃，可就是吃不下了。你太瘦了，要多吃一点儿，每天喝一袋牛奶。一定不要把身体弄垮。想想以前我是什么都舍不得吃，为省钱给你们姐弟念书，一个农忙期间只吃一斤半的肉。现在想吃倒吃不下了。”

父亲可有一些懊悔为我们吃的苦？如果能重来一次，他一定还是这样。就像现在他忍住疼，不要我为他担心，就像他嘱咐我喝牛奶。他一定像从前一样，吃所有他能吃和不能吃的苦。

年幼的时候，家里贫寒，母亲的身体不好，加上老祖父的五口之家就靠他一人养活，他去贩鱼卖。黄昏的时候，父亲徒步七八千米去外婆家旁的一个渔场，拿好鱼后夜宿外婆家，到凌晨三点的时候再往回赶。这期间经过一处坟场，渡一次河，刚好在早晨五六点赶上早市。后来离我家最近的那个渔场没有了，集市上的鱼都由水产公司经别处运来。父亲便改了行。

父亲成了建筑工程队的一名小工，每天像蚂蚁搬粮食那样挑砖或搅拌泥沙，速度稍慢的话还会引来大工的责怪。父亲不怕搬运的苦，不怕大工指责呵斥，只担心天气的坏，使他生生地少了几十元的工钱，那是全家半月的伙食费。若是谁说别的工地有夜班可加，在父亲那是天上掉馅饼的好事。别的工友经过一天的劳累早已歇息，而他像暮色荒凉天际里那只孤老的雁，为了自己的雏，仍在振翅寻觅可果腹的食物。

这样的状况一直持续到我上师范的时候。那一天父亲来看我，过早花白的发夹了细小的沙，瓦灰的中山装，军用黄球鞋上涂满了石灰浆，是漂亮整齐的钢筋水泥里陡然冒出的土疙瘩。他身上除了土气、俗气，还有风霜浸染的沧桑。他掏出带有体温的一百元给我，又急匆匆地赶往工地，只有半个小时停留。我因为青春虚荣的小兽在心里正叫嚣，竟没留他在学校免费的食堂吃一口饭。后来一位远房的伯伯告诉我，那是父亲打两个晚工的钱。

父亲做小工的钱远远供不上我和弟弟所需的学费，父亲又一次改行，他去踏三轮。父亲说：“这活好，下雨天也能挣一些，又没有时间限制，干到多晚都可以，真好！”

终于我结婚了，弟弟也不念书了，父亲可以喘一口气了。他琢磨着随表姐去苏州打工，为弟弟再挣一笔房子装修的钱。却再也不能够了。医生在诊断书上写下触目惊心的“食道癌晚期”。

五十五天了，父亲没能吃一粒米，粥和汤也没能喝下一口，全靠输液维持。癌的痛使多少人放弃生的希望。父亲从不哼一声，他怕我们难过。我每次去看他，他都是一样的话：“宝宝，你要多吃点儿，你太瘦了，拣自己喜欢的买了吃。你不要为我担心啊！有命就过，没命只要你们好好的，我死也闭眼了。”

父亲以前不是一个多话的人，生活让他连喘息的空也没有，现在为什么总拽着我的手这样说，是因为那句让人无比恐惧的谶语“人之将死，其言也善”吗？“善”——分明是他的爱，是他爱的嘱咐和祈语，是他最后可以付出的爱。他爱我们一直到不能爱了，一直到生命的尽头，而我们今生却无法回报。

# 种下的爱结了果

## 前言

这是我的家族的一个真实的故事。人们之间的真情，薄墨浅笔只能描摹一二，生活永远比故事精彩。

### 1

七岁那年，爸爸因病去世了。妈妈哭得喘不过气来。我想起村子里的小伙伴都有爸爸叫，而我没有了，眼泪也像断了线的珠子落了下来。办完爸爸的丧事后，妈妈和我仍然住在有爷爷、奶奶、叔叔、婶婶的老房子里。这里的人家以农为生，妈妈有气喘病干不了重活，她像以前爸爸在世时那样，只在家做一些家务，田里就靠叔叔婶婶忙活。时间一长，叔叔婶婶有意见了，尤其是婶婶，她常常鼻子不是鼻子、脸不是脸地发牢骚，有时饭吃得好好的她就能摔下碗来："老的小的这么一大家子，就靠我们两口子，老黄牛似的卖力气，要累死我们怎么的？"爷爷奶奶岁数大了，两个儿子已经去了一个，他们心疼小儿子，也顺着婶子的眼色行事，对我和妈妈越发冷淡。

村里有个会说媒的王大婶，屡屡到我家来，跟我妈说些体已话。后来，我听到那些话里有"嫁过去，有男人疼，日子保管不比现在差一丝一毫"的话我妈只是摇头，看着供在条几上的爸爸的灵位，她的眼泪吧嗒吧嗒又掉下来。王大婶只好说："大妹子，你考虑考虑。"说完就一阵风似的走了。

那一天，我看到奶奶床头柜上的玻璃罐子里有几个蜜枣，便抓到手里来，突然身后一声大叫："好呀，你偷我的蜜枣！"叔叔的儿子大力冲上来，一把掰开我的手，夺去蜜枣。大力虽比我小一岁，但身材比我壮实多了。两手空空的我气极了，扑上去咬了他一口。他放开嗓子号啕大哭。在不远处干活的爷爷、奶奶、婶婶都跑了回来。看到大力手上的牙印子，婶婶开始呼天抢地，儿呀肉呀地叫。奶奶也生气地骂我："死丫头，馋东西……"爷爷则脱了脚上沾了泥的布鞋没头没脑打我。等我妈赶到的时候，我泥猴一样泪眼婆娑地站在天井里。

王大婶再来找我妈的时候，我妈就提了一个要求："我得带着我的丫头。”王大婶一口答应帮我妈再去问。

## 2

我和妈妈离开住了九年的村庄，跟着王大婶乘船一路往南，终于在一个四面环水、盛产莲藕的村庄停下了。在一间茅草房里，我和妈妈见到他。王大婶说，他家弟兄多，家贫，他是老大，操持着盖起来的好房子都让给弟弟们成婚了，他自己一人住在这茅草房里。我看到他高高的个儿，梧桐树一样笔直的腰杆，眼睛大大的，脸上挂着温和的笑容。

妈妈朝王大婶点点头，王大婶喜笑颜开地拎了几匹布上了来时的机帆船。不一会儿机帆船就远了，只剩了一个小黑点。妈妈让我喊他“爸”，我不肯开口，她有些着急地要打我。他拦了下来：“孩子不叫就不叫吧！”他塞了一个莲蓬在我手里，笑着对我说：“吃，吃个看看，甜呢！”我看着蜂窝煤似的莲蓬，真不知道从何下手。他瞧着我笑了，帮我撕开莲蓬，掏出莲子，又把莲子剥了皮，露出一颗洁白晶莹的、拇指大的莲子。他和蔼地说：“春儿，别急，莲子现在还不能吃。”他又用粗大有力的手指耐心地把莲子从中间掰开，把绿心取了出来，再把莲肉递到我嘴里。莲肉嫩嫩的、甜甜的，但我依然没有喊他“爸”。

水田里的活，他都一个人去干，从不准妈妈跟着去。妈又过起从前爸爸在时的日子，很快养得白胖起来。他去水田里帮人挖莲藕。莲藕生津解渴，主家为了节省茶水会给挖藕工几段莲藕吃。每次，他都不吃，他对一起挖藕的同伴说：“我家春儿喜欢吃呢！”回来了，他就让我妈用刨子去皮，取中间嫩的那段给我生吃。剩下的头尾放在搪瓷碗里，撒上一勺子他从小卖部买回的白糖，腌着，留给我没事的时候消闲吃。

## 3

我快乐的日子，在妈妈生了妹妹和弟弟后宣告终结。妈妈本来就不是一个能干活的人，自有了弟妹后，我成了她的使唤丫头，洗衣做饭带弟妹。妈妈也像爷爷奶奶偏心大力那样显出偏心来，她似乎更爱弟弟，对我和妹妹一心急就劈头盖脸地骂上去。一次，因为我照管不力，小弟把一泡尿尿到身上，妈妈气得当场抓起一个衣服架子打我，恰巧他干活回来，一把拦住妈妈。

后来，他去水荡里割芦蒲和柴的时候也带上我。他对妈妈说：“我要带春儿去打打下手，割好芦蒲，让春儿往船上抱。”妈妈同意了。

他在船尾撑篙，我坐在船头上。有微微的凉风袭来，我把脚放进水里。船缓缓行着，水温柔地抚过我的脚，舒服极了。等到芦蒲茂盛的地方，他停下来，把船靠着，他把篙深深地插到河中泥土里去，然后嘱咐我扶着篙子就成，他一个人去割芦蒲、往船上抱芦蒲，一丝活都不假我手。

等船舱里装满芦蒲和柴，我们就往回赶。他不顾船身沉重，把船撑到另一条河道去。等靠近后，我发现那条河里满河碧翠，菱形的叶子铺满河。他告诉我那是野菱角。他停下篙来，教我摘野菱角。等我俩在船头上堆了一小堆野菱后，我们再往回赶。他撑着船，我吃着菱角。就在那一刻，我突然明白过来，他带我出来，是让我远离妈妈，好好地玩耍、休息一会儿。我是在那条船上，那个夕阳下叫他“爸”的吗？我不记得了。

虽然他和妈妈一再在我们兄妹仨面前表态“书，谁能念，供谁念！砸锅卖铁也供他（她）念”，但他们刚刚砌了新瓦房和大院子，三个孩子念书，怎么能不捉襟见肘呢？我的成绩本来就不好，于是初中毕业后就不愿再去读。这一来，他好像欠了我什么似的，一点儿不同意我跟在村子里年龄相仿的姑娘们后面做蒲包、蒲席贴补家用。他到处打听，终于打听到外镇上有缝纫手艺精湛的师傅要招学徒。他对我妈说：“春儿不肯念书，就让她去学一门手艺吧，荒年饿不死手艺人。”我妈当然点头同意。

## 4

我离开他们去外镇。我有一点儿聪明劲，师傅很喜欢，一小段日子后，我学会了裁剪和缝纫。镇上的人到师傅的缝纫店来做衣，他们的眼朝我身上溜，师傅也并不吝啬夸奖我：“我这徒弟，手巧！”如此，时常有媒人来踏师傅的门槛。师傅说：“我可做不了她的主，她是有爸有妈的孩子。”

其实，我喜欢上了镇子里的一个小青年。小青年领我去看过几场电影，也给我买过几块上好的丝绸布料，让我做裙子。他来看我的时候，师傅把我恋爱的情况告诉他。他问师傅：“小伙子是怎么样的一个人？”师傅摇头说不知，这小青年是个外镇人，不过是在镇上的玻璃厂做工。

我把跟我恋爱的青年领到他面前，他仔细询问了青年的家乡住址及家人情况后就沉默不语，一个人回去了。第三天，我就接到妈妈捎来的信，让我赶紧回家。我到家一看，他的腿摔坏了，缠着石膏，吊着绷带，躺在床上。妈妈告诉我，他这都是为了我。原来，他为了打听跟我恋爱的小伙子的情况，第二天一回来，就乘船去小伙子所在的镇。他跑了不少的路，问了许多的人，终于打听到这小伙子可不是什么善类。几年前这小伙子因为盗窃抢劫被关进了牢里，出狱后仗着一张会甜言蜜语的嘴骗过不少姑娘。他听到这里，整个人都呆了。乘船回来的时候，他因为心神不定，一个滑脚，摔下来了。好在我的手艺能出师了，我再也没回师傅的小镇。

## 5

这以后的日子也顺风顺水了。弟弟妹妹都考上了大学，我也嫁到他们满意的好人家。一年后，我的女儿灵灵出生。都是我妈来看我们，他很少来，但我妈手里拎着的黄鳝、龙虾、泥鳅这些我喜欢的吃食，都是他下河去捕来的。

弟弟妹妹都在外地工作了。灵灵长到八岁上，有一次我们全家团聚，那天他喝了不少酒，肚子圆滚滚的。邻居二婶在我身边插了一句嘴："春儿，你看灵灵外公的肚子也太大了，是酒喝多了吧？"我把弟弟妹妹叫过来一看，真的，他的肚子太大了，皮球似的，旁边跟他一起喝酒的人，谁也不如他的大。我们心里起了一丝不祥的预感。第二天，我们软磨硬泡让他去医院。到了医院一检查，果然是肝腹水。医生说，幸亏来早了，要不然会转成肝癌的。

这么多年来一直好脾气的他，会跟我妈闹脾气了，要么嫌饭煮烂了，要么嫌饭煮硬了，不肯吃药，不肯去医院。弟弟妹妹在外地的工作耽搁不了，我让他们赶紧走，我来照顾他。我一回家，他就像一个孩子似的，乖乖跟着我去医院。我各处寻来的偏方，他也一点儿不闹腾地喝下去。他的病情得到了控制，弟弟妹妹在电话里对我说："姐姐，真是辛苦你了！"我朝他们吼："说的啥话？他不也是我爸嘛！"邻居们每次看着我大包小包地回去看他，就说："秦大真是好福气，摊上春儿这么个好闺女！"他们不知道，我对他的好，是他种下的爱结了果。

# 你为我的生命打开一扇窗

## 前言

师妹的故事，不止一次让我牵念在心，我终于用自己拙劣的笔，拼凑出她生活的皮毛，而生活的真谛永远在热爱它的人们的心里。

## 1

自我有记忆起，我的生命中就只有他。我叫他爸，我俩住在一个临街的小房子里。街其实是一条巷，中间用青石板铺成道路，房子傍路而建，南北各一溜排一上二的小楼房，上面住家，下面做店铺。铺子各不相同，肉铺、粮油铺、早点铺、日用百货铺子整齐排列，好似一个人清清爽爽的脸。我们住的小房子挤在这些楼房中间，又像人干净的脸上横生了一个豌豆大漆黑的痣，破坏了美感。可有什么法子？我爸没有钱把这小房子翻修成楼房。这两间青砖青瓦的小房子一间管住，一间管我们吃喝，也腾不开地来做铺面。我爸就把他的生意摊当街摆。这是境况的无奈，也是生意的需要。路过的行人，一眼看到一只大木头柜上面刷着两个红漆大字——修车。柜头里装着钳子、锤子、螺丝，柜子旁搁着一只装水的瓷盆。我爸，他是修车人。

小街上向来是没有秘密的。王大爷在街头打个喷嚏，街尾的人就能听到。关于我的身世也就不是什么秘密了。我长到七八岁上，已经知道我不是我爸亲生的。生我的人，用一条毛毯包着我，把我扔在街上。一大早，有人起来发现了我，后来越人越多的人围观我，看西洋景似的。他们光怜悯骂着："可怜的娃，有人生没人养，作孽呀！"却谁也没动心思把我领回去。领娃是一件大事，又不是养只猫狗，愿意就养着，不愿意就扔了。领娃不容易，他们这些做惯小买卖的人精明着呢！

他也来了，拖着一条腿，一扭一扭地来了。他一条腿有病，整个人像个单引号，头重脚轻，不坚实。他拨开人群，看到了我，也许也犹豫了会，但最后他弯下腰抱起了我。我被他抱入怀中，就不再号啕大哭，安静下来，人群中有人发出惊奇而喟叹的"咦"。他把我抱回家去，不料却遭到他二弟、三弟的责难，他们知道自行车摊的收入仅能维持他一人生活，再添个我可不是给自己找罪受？而且我究竟是不是一个被人扔掉的病娃还说不清。如果真是病娃，养了几天，再扔我就有人嚼舌了，自己良心上也过不去……他只管抱着我，像抱着金元宝似的，任凭他兄弟的絮叨。说到后来，兄弟们也就认命，不管他了。

## 2

上帝在关了一扇门后，会给你开启一扇窗。他就是我的窗。他没有生我，却给我生命。他拿出自己省吃俭用的钱，给我买了食品店里最好的奶粉，没有人来修车的时候，他就抱着我，一手抓着奶瓶，一手圈我在怀里。他忙的时候，街上一些老大娘心疼他，也帮他照看我。在他细心照料下，我跟野草似的疯长，很快就长成了会跑会笑会叫人的小姑娘。幸运的是，我一点儿毛病都没有，大眼睛，白皮肤，很漂亮。老人们说，他人好心好，所以我才长得这么好。他每每听人这么说，那皱纹如沟壑排列的脸就会舒展开来。他给我取了一个好听的名字，金米儿。他姓金，他觉得人最幸福的光景就是吃大米饭、喝大米粥，而我就是他心上最珍贵的米儿。

等到我长到七八岁上，聪明伶俐，会做饭、洗衣，还会帮他端洗车胎的瓷盆进屋，他的兄弟也为他当初的决定高兴——总算没白喂养我，能替手脚了。他以后的日常饮食就不需要他们来照料，随着金米儿越长越大，许是能依靠了吧！

他却有自己的打算。他给我买回来新裙子、新书包、新铅笔盒，他要送我去上学。兄弟们暴跳如雷。原以为他只是要养活我，不想还要供我读书识字，这是多么大的一笔开销，要他的骨血呀！他拖着病腿，寒暑冬夏都不休息一天，晚上别的店铺都上了门板，他仍在星夜下等着，万一有人赶夜路坏了自行车，他可以赚得一小笔。我屡屡心疼他，不肯去念书，他就发脾气，无论我怎么喊他爸，他都不应我一声。直到我又背了书包，他才灿烂一笑，说："好好学习，听老师话，家里不要你操心。"

## 3

我也算为他长脸，是小街上所有娃娃中成绩最好的。在中考前夕，老师把他叫过去："金米儿很有希望，临考这几天，家里要好好照顾……"他喜滋滋地连连点头。

考试那几天，他总是让我早早睡觉。夜里，我口渴得难受，从睡梦中醒来，发现堂屋里亮着灯，他坐在卧室和堂屋的交界处。堂屋的白色水泥墙上投着他大大的黑色影子，这个影子静默得一动也不动。我心里疑惑，不知道他在做什么？我睁大眼睛看着他，他只穿了个短裤，上身裸露着，专心致志地盯着自己的身子看。

突然，他扬起手，"啪"的一声对着自己的肩膀重重地打了一巴掌。只听他嘿嘿地笑着说："敢咬我？"他得意地把手里的东西一把抛到地面上。一会儿后，他又陷入静默中，像一堵墙，静静地矗立着。

我错愕地问他："爸，你不睡觉，坐门口干什么？"他说："你睡你的觉，我捉蚊子呢！"

"你坐这儿捉什么蚊子？"喝了水后，困又袭上来，我忍着瞌睡迷糊着说，"都这么晚了，你明儿还要出摊，睡觉吧！"

中考一共三天，考完试后，我跟婶子闲聊，把这件事告诉她，我说："我爸傻傻地像堵墙杵在我卧室门口，他还说，他捉蚊子呢！"

婶子一脸责备地看着我："你爸说你不喜欢蚊香的味道，为了让你睡好觉、考好试，他每天晚上都要帮你捉蚊子。你卧室黑，蚊子撵亮的，看到堂屋里的光，就从你卧室往亮处飞。他光着身子，坐在亮光里专等蚊子叮他身上，他动手一个一个地打。这样，你才睡得安稳。"

还好，我没有辜负他的期望，中考取得好成绩，可以上县里最好的高中。老师根据我的家庭情况，建议我报考中等师范。我高兴地同意了，其实教师这职业是我的理想，他却时常对我流露出歉然的意思。

## 4

他拖着不方便的腿，倒了几班车，把我送到师范学校。临走的时候，他给同宿舍的姐妹们一个一个鞠躬，说："我家金米儿拜托大家照顾了！"师范学校的日子，我过得如鱼得水，都快忘记他了。一天，我在宿舍里看小说正看得起劲，同舍的同学过来叫我："金米儿，传达室大爷让我给你捎信，大门外有亲戚找你。"我除了他，哪有亲戚？他上次来信，并没有说要来看我，只是嘱咐我好好学习，爱惜身体，不要担心生活费……我将信将疑地跑出门外去，没有找到他。就在我东张西望后要回头的档口，一个女人出现在我面前。看着她，我有些怔楞，她简直是另一个我，只是看上去比我年岁大了一些。她一把拉着我的手，嗫嚅着说："三妹，我是大姐……"那女人扯着我的手，哭诉说了一通，过了好一会，我混乱的脑子才明白过来。她是我大姐，我的亲爹妈生下我后，发现又是个丫头片子，一心求子的他们就把我扔到那条小街上去了。送走我后，他们又生了一个孩子，是男孩儿。而现在，他们想起我来，一打听，我竟然是那条小街上唯一考上师范的女孩儿，而我的养父是个腿脚不便的修车人，他们找我来了。

我一把甩开那个女人的手臂，跑开了。现在的我，生活得很好，她的出现反而让我内心波澜起伏："爸妈为什么要把我扔掉？扔掉后，为什么又来找我？"我被愤懑的情绪困扰。大姐再来找我的时候，我索性不见，这样心里反而平静。

## 5

师范毕业后，我被分配到城里一所小学做教师。终于有一天，我的亲生爸妈出现在我和他的小屋里。他们生了我，但我跟他们那么陌生。他们拿捏着自以为的深情厚谊对金老大说：“为了米儿好，为了将来米儿有好的婚姻，她需要一个健全的家，所以我们打算领米儿回去，这么多年的抚养费不会少了你的……”我朝金老大看的时候，他并不看我，只是沉默地抽烟。据说从前他也爱抽烟，但有了我后就戒了，他觉得烟味对我不好，抽烟也费钱，为了抚养我，当然能省就省。现在他又把烟抽起来了。我抬起头向对面陌生的男人和女人说：“我这辈子只跟我爸在一起，你们来我们欢迎，你们走我们不送！”

那生了我的男人和女人觉得，金老大会成为我美满婚姻的拖累。其实，他是我姻缘的试金石。遇到追求我的男孩子，我总是如实地告诉他们，我有一个腿脚不便的爸需要我赡养到老。我也会带着他们回到有爸爸的小屋，他们有的恋着恋着就消失了，只有他留了下来。帅气而阳光的他是我的同事，他没有嫌弃过我的养父。我们常常在周末一起去看我的养父，遇到重活，比如推修车的大柜子回屋，年轻力壮的他就不准养父动手。最后，我选择跟他在一起。如今，我和他的婚姻已经走过十年，我们一直幸福。

这人世谁可相依？有时候连至亲骨肉都会弃我们而去，那些陌生的善良的让我们依靠的人，是我们生命的另一扇窗，只有回报善良，幸福才会来敲门。

# 第二辑

## 心灵禅：做自己的太阳

人啊，靠的是自己的心态，要驱赶人生中的黑暗，还是要靠自己的双手，只有自己才能做自己的太阳。

# 不会砌房的厨子不是好厨子

还有人记得小时候的我们，在一个小村子里生活的日子吗？村子里几十户人家都以种田为生，过着波澜不兴的平静日子。热闹也有，谁家有红白喜事，请外乡的厨子烧菜，外加吹唢呐，唢呐声的嘹亮和那片纯净无涯的乡村天空一样动人心魄。唢呐声像集合令，粗壮的、细长的、短小的、有力的、老颓的一双腿无不纷纷跑去唢呐声发出的地方，红喜事便欢声笑语，白丧事则庄严肃穆，自持又有礼。那时候，围观也是人们生活中重要的一件事。围观，主家人气旺了，自己生活里的寂寞被搅碎了。

我唤作三哥的青年，他不扎堆人群，只挨在厨房里，看外乡厨子做菜。厨房小，给外乡厨子打下手的七姑八婆嫌他碍事，让他站开去，三哥只当听不见。厨子切菜，松花蛋切成八瓣，海蜇丝切得细细的，牛肉切成菱形薄片……灶下添柴火的老婆子，被要求着烧大火、小火、中火……三哥像个影子似的跟着外乡厨子忙忙碌碌的脚步，厨子到哪儿他到哪儿。厨子去给主家吹唢呐，他也在一旁死死看着。人们说他是个太爱看热闹的青年。

不久，将眠未眠的夜里，风隐隐约约送来断断续续的唢呐声。一夜、两夜、三夜后，我就能确定那唢呐声是从三哥家里发出来的。母亲夸："三子聪明，自己竟然学会了吹唢呐。要不是他爸死得早，这孩子是个念书的料。"三哥的父亲在他五岁那年去世了，寡母领着他们弟兄三个过活。大哥、二哥结婚成家后，只剩下年轻的他和母亲单过。母亲早像被榨干油的干瘪菜籽，拿不出什么，连送他去学一门手艺的钱都没有。

三哥白天去田里干活，夜晚就摆弄起那只赭红色木头身子的唢呐。唢呐声从断断续续变得流畅又悠扬。我时常在睡梦中都能听见那响亮的唢呐声，曲调有时喜庆，有时悲伤。母亲一日夸赞："三子的唢呐吹得比外乡人好听！"

三哥的大伯要过五十岁生日，他们去请熟悉的外乡厨子，厨子竟然早早被人家订下了。全家人不知道去哪里再找一位又会吹唢呐又会烧菜的厨子时，三哥自告奋勇，要求一试。大伯心里忐忑，但冲着侄子的一片孝心也放手让他周全。结果令众人喜出望外，三哥不但菜做得好，而且唢呐吹得嘹亮悠扬。

自此，三哥成了村里的厨子。

我家的红白事也都是请他操办。他成了村里最有本事的男青年，许多姑娘冲着他那嘹亮的唢呐声生了爱慕之心。他与村子里最漂亮的香云姑娘结了婚。一年后，他们生了个白胖大小子。后来他们还砌起了青砖连院带天井的瓦房，瓦房之敞亮干净也是村庄里数一数二的。

光阴飞快，三哥家抱在手里的白胖小子会走路了，上学了……日新月异的变化使村庄里的男青年们心思荡漾。他们的心鼓胀，像春天的花骨朵，蓬蓬勃勃。他们再也不愿像父辈那样守着土地，从日出到日落，日复一日，年复一年。那些健壮又有力的腿纷纷走出村子，到外面去，到城市里去，他们做了瓦工、水电工、木匠、油漆工……他们从城市里挣到钱，又回到自己的村子，砌了比三哥家的瓦房更气派的楼房。

三哥的厨子手艺、唢呐技艺虽然出众，但走出乡村的人群使他的唢呐和厨艺都落寞了。为了使白胖小子和香云过上更好的生活，三哥跟在瓦匠师傅后面学起瓦匠。瓦匠活是手艺活中最累的，但也是最能挣钱的活。聪明的三哥很快变成了能独当一面的瓦匠大工。他时而随着村庄里的建筑工们走南闯北，时而又在故乡为人砌房。当我回到故乡的小学做了一名教师后，我偶尔会在路上遇见他，我高声叫唤他“三哥”。他苍老了，皮肤黧黑，鬓角已见白发，他像从前一样大笑着回叫我的名字。

现在的他做了一个小小的包工头，手底下有十几个跟着他打拼的建筑工人。他在城里虽买了房，但他和香云待在镇上的日子更多。他家的白胖小子离开他们，去远方的大学读书了。

我所在的村子在不知不觉中变成了镇子，镇子已经很现代化，茶楼、酒楼、饭店一应俱全，人们的红白喜事都不在家里请客，都去酒楼，说这样既显得方便又有档次。生活让多少平凡又努力的人们，像三哥一样，沧海桑田地过下来。对于生活来说，不会砌房的厨子不是好厨子。

# 生活启示录

我要去赶车。我要从小镇坐班车赶到城里的小学听课，七点半到就迟到了，车程是四十分钟。我跌跌撞撞、匆匆忙忙地赶到车站。赶车之事总是逼得人们与“从容”两个字绝缘。那辆漆成扎眼鲜绿色的十三路公交车果然留给我一个轻倩的背影。我明知绝无追上她的可能，但脚下仍然不由自主地飞奔，心里想着：“快七点了，该迟到了，活动组织者会以为我们学校没有派人来。”这么一想，我奔跑得更快了些。又一辆绿皮公交车从后面呼啸着过来，看到我，车停下了。司机在车上大叫：“是不是要进城？”我兴奋地点头。司机一脸救人于水火中的模样：“赶紧上车！”我气喘吁吁地爬上车，瘫倒在座位上发问：“刚有一辆车过去了，不是说二十分钟一个班次，你的车这么快就来了？”司机说：“我是从家里开出来办事的，没到我的档期哪！我看见你挎着包在跑，估计是要赶车，有意捎你一段。你会赶上上趟车的，别急！”

果然，他的车上空无一人。三分钟后，在小镇最大的公交站台，我看到刚刚错过的那辆公交车正在载客。我飞快地从所在车上跳下，跃上快要开的那辆车。跟掐着钟表算好了似的，乘着这辆车，我如期赶到城里的小学参加了活动。在回程的空闲里，回想早晨赶车那一段，我不由感慨，如果我没有奔跑，那位好心的司机师傅就不会看到我，那么我就误事了。生活中原来可以这样，假如错过，不要留在原地让失望和遗憾的情绪裹挟，以奔跑的姿势继续等待，事情也许会柳暗花明。

一天，放学后，孩子哭哭啼啼地告诉我，她丢了姑姑送给她的新绒线帽。我问她：“记得什么时候丢的吗？”她努力回忆：“早晨上学的时候，我记得戴着的，进校门后似乎拿了下来，然后就没有了。”我陪着她在校园里找了一圈，当然没有帽子的踪影，谁知道这帽子去哪儿云游了？我只好许诺会给她再买一顶帽子，然后陪着伤心的她慢慢走出校门。同事香香老师恰从她的办公室出来，她看到我们大声问候起来：“怎么你们也走得这么迟？”我指着孩子说：“给她找帽子去了，新买的帽子丢了，她正难过呢！”笑容爬上香香的脸：“今天早晨我在教学楼西楼梯口就捡到一顶帽子，红蓝相间，上面有一只黄色大绒球。”孩子快乐地叫起来：“阿姨，是我的！”香香大笑：“我给放在班级的讲台上，还让孩子们互相询问是谁丢的。你们去拿吧！”就这样，帽子又回到了孩子身边。

把我们的悲伤或者失去的告诉信任的朋友，也许收到的不是嘲讽、讥笑和失望，真心的友人们会帮助我们重回当初的安然和幸福。这是一顶失而复得的帽子带给我的启示。

年岁越长，经历越多，越觉得生活是位睿智的老人，从来不言语，却把一切要说的都教给了我们。

# 人心是块田，种爱得爱

经过小镇的法律事务所，我看到门前吵吵嚷嚷，里三层、外三层地围了密密匝匝的人。圈里，一件法律案件的两班事主各执一词，相持不下。说是两班事主，其实是两家。一家据东半圆，另一家自然占了西半圆。圆心的位置上站着一个女孩子，她一言不发，默默流泪。东边的年老妇女号吼着："三万块，就想把我家养了十七年的孩子要回去，良心一定被狗吃了！"西边的那家人没什么气焰，但话语里也透着坚持："孩子我们是要定了……"

圆心上的女孩子，想必就是这两家藤牵藤扯，扯到法律事务所门前，扯到众人眼皮底下的"果"。她微微胖，穿着普通的蓝色 T 恤和牛仔裤。我认真看向她泪痕满面的脸，这张脸少了一个十七岁少女应有的稚气和天真，却有超出年龄的成熟和疲惫。

女孩子一时稍稍往西边挪了挪位置。东边的老年妇女一下子扑过来，捉住她的手臂，高嗓门喊道："孩子还是我家的人，今晚一定要跟我回家！"围观的人群中，似乎早有人弄清事情的来龙去脉，他们一时帮言东边："都是养儿养女的，三万块就想领了人家养了十七年的孩子，是太少了……"又有人斥责那帮言的人："你晓得个什么？"

在喜欢打开天窗说亮话的小镇人心里，西边人家一直没敢声高气盛，自是有因。当年，女孩的父母生了一对龙凤胎。她没什么文化的父母十分迷信，竟然相信早前流传下来的传言。传言说，龙凤胎不好养活，要是两个婴儿一起放家里养，总有一个要早夭的。于是，他们留下男孩，狠下心来让人抱养女孩。领养女孩的是一对多年不孕的夫妻。

她最先的几年是幸福的。她的养母，因为自己不孕，把她当掌上珠、心头肉般娇惯。但没几年，养母患病去世。养父娶了后妈，后妈是能生养的，她有了妹妹和弟弟，她在那个家真是有些多余了。她早早辍学，十五岁就去远方的城市打工，在小饭店做服务员，给人端菜送水。因她个头高，又微微胖，相貌老成，谁也不知道她是个童工。她打工两年所挣得的工钱分文不少地交给养父母。她的亲生父母知悉孩子还活着，且活得艰辛，就一门心思想领她回来。

捉住她手臂的老年妇女是她的养奶奶。女孩的亲爷爷似乎满心愧疚地对人群说："我们本来也不想要孩子，要是孩子在这人家过得好，我们也无所谓。但是……"

这一次，又有人恍然大悟，把同情心从女孩的养父母家一下丢开："怪不得人家出这么少的钱，孩子在你家也花不了几个钱……"

法律事务所的人来上班了，把一圈好奇心十足的人关在了外面，把面红耳赤争吵的两家大人请进里面，人群只好散了。我听闻，最后，女孩子谁也不肯选，她说她快十八岁了，以后会自己对自己负责……

因为这个女孩，我又想起这辈子都不会忘掉的一个同乡师妹。那天，在读书的校园里，我独自走在林荫道上，悠闲得一路向前。我的同乡师妹，奔跑着飞快地掠过我，她身后，一个面容酷似她、年龄长于她的青年女子在后面大声呼喊着她的名字，奋力追赶着，师妹却头也不回，只是百米赛跑似的拼命往前冲。我被这一幕震住了。

后来得知，我这位纯真清秀的同乡师妹，有着被领养的身世。她的亲生父母一直想生男孩，她上面有两个姐姐，母亲生下她，见又是女婴，便将她抛弃在路边。她被一位患了小儿麻痹症的修车人当着宝贝疙瘩一样抱回家。修车人一辈子没有娶媳妇，但凡挣得一点儿钱，全好吃好喝紧着我师妹。小村镇的人文化不高、见识浅，只说女孩子无须多费钱念书，嫁出去的女儿泼出去的水。唯师妹的养父死心眼，千辛万苦供聪明灵秀的她一直读到师范。眼看着师妹还有一年就要分配工作了，她的亲生父母寻来，让她回家。那天，师妹的亲姐姐代父母而来，在校园与师妹展开追逐之战。师妹没有跟她的姐姐回她们的家。她说，她走了，谁给她的养父养老送终？他这一辈子的心血都在她身上，她怎么能抛弃他？后来，师妹嫁了善良孝顺的同事，她和丈夫一起带着她的养父生活。

纷繁尘世，人心如田，田里会结什么果？那个十七岁女孩和她的养父母、亲生父母之间的纠葛，自始至终陪在养父身边的师妹，她们最后选择的结果，其实都是素日结的果。在坦荡清白的人心里从来都是种善得善，种爱得爱。

# “给”是一种尊严

我的外婆八十岁了，一个人固执地守在乡下的老屋子里。居住在城市的我们只有趁着假日，领了孩子去看她。为了心安，我们总是买了大包小包的东西给她带去。末了，她却往孩子的口袋里塞钱。我们放回去的时候，她就生气了，真的生气了，把钱摔在地上，吵闹着说：“难道你们嫌我老了，没有法子了？”她的明白让我的心微微疼。我们以为外婆像一棵落光叶的苍凉老树，需要我们盈足的爱，而树们越老越冠盖如云，愿意给鸟儿做天堂，给人们遮阳……

外婆居住的小镇还有这样一位老人，春天伊始，就见她忙碌起来，她忙着犁地、播种、搭架……家前屋后的那些空地上，被她种上各式菜蔬：丝瓜、葫芦、长豆角、小黄瓜……夏秋时节，果实累累挂枝头。她自己舍不得吃，也不卖了赚钱，而是亲手采摘了，给邻居们一家一家送过去。

邻居们商量好似的，都一个劲摆手说："不能要，不能要！"不是生疏客气，而是大家都知悉她家的情形。她唯一的儿子刚到而立之年，却不幸患上白血病去世了，年轻貌美的儿媳妇改嫁了，只留下一个 4 岁的小孙子和她相依为命。

大家看在眼里，能帮一点儿是一点儿。逢年过节，单位上发的水果随手拿些给她的小孙子；谁家宝宝的衣服买小了一点儿，也不去调换，就给她小孙子送去；包了饺子，烧了虾，也给那没娘没爹的孩子端点儿……都愿给他们祖孙送去温暖。

她却给大伙儿送了这么些汗水浇灌出来的菜蔬，大家像接着烫手的烙铁，心不能安然。她一个劲给大家解释："自家种的，自己采的，一点儿药水也没喂过，不过是些绿色蔬菜，不值钱，不值钱！"

后来，拗不过她的坚持，大家都收了。烧了菜、熬了汤，果然是好滋味。碰见她，大家齐声声地向她道谢。她满是皱纹的脸上露出难得的笑容，像朵盛开的葵花般灿烂。她边乐边招呼大家："爱吃，再去拿！"

日子久了，聪明的、善解人意的邻居们真的去找她拿两颗青菜、几根小葱……她的心思大家都懂得了："给"不仅让人快乐，还是人世间一种体面的尊严。

# 老树绽新枝

秦奶奶从我所在的单位招呼我的时候，我吃了一惊。乍然相遇本该出现在另一个熟悉地点的人，人会本能地惊讶。我应该在家门前那条老旧街道上遇见她才是。秦奶奶和我傍同一条街而居，我每日上班从她门前过。她知道我是镇上小学的老师。我也知道她岁数跟我婆婆相差无几。

我诧异地问："秦奶奶，你怎么在这里？"她朝我扬了扬手中的扫帚，大着声笑着说："我来干活！"她敞亮的声音里有一些东西，有小孩子买到心爱玩具时的心满意足和自得其乐。

开会，我们纷纷向领导抱怨学校分派的杂事太多，除了教学，我们还得代收学杂费，制作留守儿童名单、学生保险名单表格，校园里角角落落的卫生也归我们管……我们怨声载道，领导当即表态会想办法。看来，秦奶奶就是领导的办法。

我停下脚步，跟秦奶奶闲聊了一会儿。我问她怎么愿意来我们单位干打扫卫生的活。她再次爽朗地笑起来：“打扫卫生，扫扫地，擦擦窗户，活又不重。”我手指着领导的办公室问：“他们说开多少工钱？”她不好意思地说：“好像说是给八百元一个月。”我惊讶地说：“八百元，太少了吧！”秦奶奶倒无所谓地说：“在家闲着也是闲着，有个事儿做做倒好。”听她如此一说，我赶紧点头表示赞同。

阳光下的秦奶奶穿了一件石榴红的唐装褂子，褂子很合身，黑色的丝光裤子反射出亮亮的光泽，她整个人显得既喜庆又精神，与我往日看到的灰头土脸的她很有些不同。

秦奶奶是享了大半辈子福的人。她老伴年轻的时候是个能干的男人，自己创业开了一个洗洁精的家办厂，手底下有几个工人。他用自己钻研出的秘方生产出的洗洁精，味道芬芳，去污效果好，销往本镇和周边小镇，总被疯抢一空，他赚得盆满钵盈。在小镇的人都住着青砖红砖平房的时候，秦奶奶家砌成了“一上三”带水泥外粉刷的小洋房，秦奶奶就在小洋房里做洗洁精厂的老板娘。有她男人在，她什么也不愁。儿子长大成人后，不愿去外面闯荡，就子承父业接手了洗洁精厂，然后谈了对象，顺顺当当结了婚。

新媳妇进门，又是个美满的世界。灾难，往往是在人们心满意足的时候蹦跳出来，让人措手不及。对于新媳妇，小镇有“交生日”的习俗，在新娘生日那天，娘家去人郑重地把新娘生日告知婆家人。“交生日”当天，秦奶奶老伴陪着亲家多喝了几杯，当晚昏昏沉沉睡下去，第二日就没能再醒过来。秦奶奶的老伴在新娘生日的那天夜里患心肌梗死去世了。

秦奶奶的儿子不是像他父亲那样能扛起一个家的一棵大树，他常常是该干活的时候去赌小钱了，该送货的时候又因为通宵玩乐累得在睡觉。他们家原来蓬勃的生意逐渐惨淡下来。新媳妇想必也觉得在这家日子过得颇不顺意，每年自己的生日便是公公的忌日，在生下女儿后便只身去南方城市打工，很少回家。

人们眼中的秦奶奶像一棵突遭雷击的老树，轰然倒塌在地。她整个人委顿了。但不久，人们看见她把小孙女打扮得像蝴蝶花一样漂亮。孙女上幼儿园后，她又决定去找工作了。小镇上许多靠着老公吃饭、打麻将混日子的年轻媳妇说，秦奶奶这是想老树绽新枝。

后来，她就到我所在的单位——镇上唯一的一所小学干打扫卫生的活。我每天到单位时，秦奶奶已经在操场上哗啦啦地扫起来了，宽阔的操场扫了大半，秋风刮落的叶子和顽皮孩子扔下的纸屑都被她扫去，广场露出干净的面容。秦奶奶看见我们定会一边扫地一边热情地招呼我们：“颜老师，早呀！”“王老师，您来了！”几年来，几乎所有的同事都称赞过这位热情又勤劳的老人。

在她干了三年后，她的小孙女就相伴着她来这儿上小学了。我的同事们对那漂亮得像蝴蝶花一样的小女孩关爱有加。

某日，我又看见家里开着酒楼的同事大早上就拉着秦奶奶好一通说话。我随口问去，秦奶奶告诉我，我的同事是拜托她给酒楼的厨房找工人，他相信秦奶奶看人的眼光。秦奶奶答应他，一定会帮他好好物色。我又惊讶了，秦奶奶还有这本事！老树不仅绽新枝，新枝还长得很有力。

# 站在幸福的影子里

公公投资失败了，那座气派的老房子被卖了还债。我们迫不得已搬到一个灰头土脸的破落小区。全家风雪盈门，愁容惨淡，尤其是公公，以前每顿爱喝的酒不喝了，饭量也小得惊人。他患了神经衰落的毛病，整夜整夜地睡不着觉，头发开始大把大把地脱落。

心烦意乱的他在过马路时竟被车撞了。他被人送回来的时候，一家人呆住了，但旋即就连呼幸运——他只是小腿上肌肉组织被刮伤。友人来看他都语带欣慰地说："真是捡来一条命！"劫难后，公公心上的乌云散了。他清晰明白地想，好歹有房住着，孩子们都孝顺懂事，工作也干得不错，一家人团聚在一起，老小一个也不少，有什么忧愁的呢？还是要过从前阳光明媚的好日子。幸福其实就在身边，从未走远。

友人家里遭贼了，被偷了两万元，这不是一个小数目。夫妻俩属工薪族。朋友是农村中学的老师，一月仅两千元的工资。他的妻则是幼儿园的合同老师，工资还不足千元。两万元是他们省吃俭用存了两年才积攒起来的。夫妻俩整日里像失了魂似的，这忧愁真是刚下心头却上眉头。

丢了钱的他，不止一次对大家说："我如果听到响声该多好，钱一定不会丢！"可是我们都有些后怕地想，文弱书生样的他对付得了胆大妄为的窃贼吗？最揪着人心的是，他们六岁的小男孩当时独自睡在儿童房里，睡梦中的他，脸上一定挂着天使般无忧的笑容。如果……如果掰开，不一定是甜馅……

史铁生在《病隙碎笔》中说："发烧了，才知道不发烧的日子多么清爽。咳嗽了，才知道不咳嗽的嗓子多么安详。刚坐上轮椅时，我老想，不能直立行走岂不把人的特点搞丢了？便觉天昏地暗。等到又生出褥疮，一连数日只能歪七扭八地躺着，才看见端坐的日子其实是多么晴朗。后来又患尿毒症，经常昏昏然不能思想，就更加怀念起往日时光。"

真的，其实我们每时每刻都是幸运的。很多我们认为悲惨的时候，只不过是站在幸福的影子里，幸福明明晃晃地在前面呢！唯有放下心里压着的沉重包袱，跨过人生路上的那个坎，才能再次追上幸福的步伐。

# 光裕巷六号

有友从都市来，一场热闹的相见欢后，小城里的这帮人临时起意，不如趁着此刻时闲和意兴去沉浮岛一游。位于小城西首的沉浮岛是小城在外略有声名的景观。

驱车一路向西，地形像一只宝葫芦，我们从逼仄的口进入，越往前越开阔，一直到路的尽头才下了车。眼前近处九条河从东西南北各个方向奔流来簇拥着一座小岛，这便是沉浮岛。富有想象力的人们将大自然的这一杰作誉为“九龙戏珠”。远处是成片成片的芦苇一直绵延到天边。

我们一行人坐了船，登上小岛把亭台楼榭观赏了个遍，再凭栏眺望了远处密密织织的芦苇后，就觉得有些意兴阑珊。

有人提议，去附近的村庄里看看。村庄像冬日屋前暖阳下打盹的猫，微合着眼，对偶尔走进的三两游人并不设防，自顾自地沉浸在梦乡里。

村庄上的人家，偶尔一家用“铁将军”把门，是那种旧式的老锁，一眼就让人忆起童年时的院门。其余人家门户一律洞开着，三五个上了年纪的妇人聚在门前檐口下一边说话，一边纳着鞋底。她们不紧不慢地拉着线，形成优美的弧，脸上挂着满足慈祥的笑容，哪一位都能入我们的镜头，做最慈爱的祖母。

在狭长幽深的小巷间穿行，路过一只凶神恶煞般的狗，遇见一只惊慌失措的猫，瞥见一只“咯咯咯”炫耀自己的母鸡，忽见几朵硕大红艳的山芋花。眼前的这幢老屋，黏住了我们的目光，停滞了我们的脚步。能看得出它很有些年代了，青色的砖，青色的瓦。青是天青色，是天空的颜色，那种深邃和幽远的青能让你的心在刹那变得宁静。瓦大约有人的手掌那么大，弯曲的弧度恰如美女弯弯的睫毛，小巧玲珑的瓦重叠着排在屋顶上，像波浪在湖面上。石砌的门楣高高的，需要仰头望。门楣上，镂刻出几个字：光裕巷六号。

我嘴里念叨着“光裕巷六号”，这名字隐隐地透着贵族气。一位老人走过来，看着我们围着老屋转悠，老人发问：“你们看这老屋呀？”我们答：“是的，我们看看。”老人自来熟地给我们介绍：“这老屋有二百多年的历史了。”我们一听惊讶地叫出声来：“二百多年了呀！”

老屋的门联是新鲜的红纸上落黑字：“爆竹一声除旧岁，桃符万户换新春。”小窗的窗台上塞着几个饱满结实的蒜头。门前是一大块整齐的菜地，大葱、菠菜、小白菜正生机勃勃、郁郁葱葱地生长着。一切都是这屋最初建起来的模样吧，而这屋最初的主人又在哪里？

这幢老屋真像个时光宝盒，在无涯的时光里，人们在这里生了，老了，来了，去了，而它缄默不语，淡然地看人间风月流转、物是人非。

遇见了这老屋，我们突然参禅似的心清起来。在这人世，我们长长的一生不过是短短的一瞬，浮生若寄。我们能做的，不过是教会自己的心，于无风景处看风景，在刹那尽享欢喜和自在。

# 一枚铜圆也能站立

“屋漏偏逢连夜雨”这种生活比喻，是她幼年到青年时期的真实写照。父亲患癌早逝，幼小的她常常心口绞痛。因家里贫困，母亲只是领着她去小镇上的卫生所随便取回一些止痛药吃。到后来，她疼的次数渐多，母亲开始相信村里一些老人的预言：她疼，是因为她去世的父亲惦记她。老人们教授她母亲判断的法子：把一枚薄铜圆在平整光滑的镜面上站立，呼唤她父亲的名字，如果铜圆能完好站立，一定是她父亲惦记她了。

读了书的她当然不相信这一套，但阻止不了母亲。母亲虔诚地在镜面上站铜圆，那不足一毫米厚的薄铜圆开始的时候总是在镜面上东游西荡，像不会溜冰的小孩子在溜冰场步履凌乱。母亲一直叫唤着父亲的名字，一直试着让铜圆站立。

最后母亲成功了，那块薄薄的铜圆干脆脆地站立在光滑的镜面上，像被磁铁吸附一样。

铜圆站立的那一刻，母亲的眉头舒展了，而她的心口还痛。她心上也泛起一种惊讶和明白，只要坚持和努力，铜圆也能在镜面上站立。这一幕被她深深地刻进了脑海。

后来，母亲挣了一些钱，领她去大医院做了一次身体检查。原来她患上了心脏病，可惜的是错过了手术治疗的最佳时期，在她的年龄只能保守治疗。对于小镇卫生所的庸医和窘困的母亲，她倒没有生怨，只是高考的时候，她毫不犹豫地选择学医。

几年后，她回到小镇的医院做了一名眼科医生。很快到了嫁人的年龄，尽管她品貌端庄、医术精湛，但没有男孩子愿意跟她谈恋爱，他们害怕她心脏不好的身体，带来的不是幸福，而是拖累。她琢磨得最多的不是自己而是母亲：如果她的身体真的不好了，母亲该怎么办？她想着如果她不能陪母亲走完这一世，那么她一定要挣很多很多的钱留给母亲颐养天年。

纵然那么多男孩子对她望而却步，但仍有一个善良的人向她伸出了双手。许多人说这男孩子疯了，娶了她就是给自己的生活埋下了一颗炸弹。男孩子不管父母的反对，不顾外人的流言蜚语，坚持自己的选择。她知道他给的是真的爱情。她给他分析了以后种种困境，他没有退却，她就幸福地递给他自己的手。

婚后，她第一件事就是从小镇医院辞职。她在家开了一个以自己的名字命名的眼科诊所。因为她的医术高超，药品的价格又低廉，不久她的诊所就众所周知，她挣了不少钱。最妙的是她的身体并没有变差，反而生机勃勃，变得更健康了。她和先生决定生一个孩子，虽然很冒险，但他们甘愿试一下。一年后，一个健康的女孩出生。她的日子美满得像阳光。那些曾经恐惧她是“炸弹”的男人们甚至羡慕起她的先生，说他娶了一个美丽又能干的老婆。

人们以为她只是开了诊所，让一家人过上比普通人家更好的生活。她的志向远不止于此。她所在的小镇是省级风景区，时常有外地游客来旅游，但小镇连一个像样的旅馆都没有。她早就琢磨到这点上，投资建设了以她的名字命名的宾馆，后来她又开超市、涉足房地产业……

有人赞她是摇钱树样的女人，她只是笑了笑。她说，她只是一枚薄铜圆那样的人，相信通过坚持和努力一定会在镜面上站立，且一旦站立，便让人无法忽视。

# 民间词句

女儿三周岁，好奇心膨胀得要撑破天。她发起问来像奋力钻出岩石的草，不见光亮誓不罢休。有时还饶舌，明知故问。比如她问："妈妈喜欢宝宝吗？"我答："喜欢。"她接着问："颜雨萱宝宝（她的小小表妹）呢？"我信誓旦旦地说："不喜欢，只喜欢邓宝宝。"她接下来问："妈妈为什么只喜欢邓宝宝呢？"我赶紧转移她的注意力。每每这时，我要感叹："这'十万个为什么'真烦啊！"婆婆就接过话来："嗯，这个倒树清根的孩子！"

倒树清根的孩子！婆婆这一说，简直触耳惊心。"倒树清根"这词只能用在最稚子纯真的年代吧！后来，我们便不敢这样子。谁会倒树清根地问？我们欲语还休，欲言又止，怕别人笑我们孤陋寡闻、浅薄幼稚，怕别人不动声色地给我们定下夸夸其谈的罪名……我们相信沉默是金且愿意默然如铁。我们把一肚子要问的、要说的全烂在肚子里，令其腐朽成渣。

寻常的民间词句像乡野里着粗衣俗布的女子，偶然一瞥却是一张让人惊艳的脸。骑车下乡，经过两个中年妇女身旁。一个噼里啪啦地说着，像放炮仗。老公在外打工，儿子出去读书，她一个人在家，“搅水不浑”……她说不来文绉绉的寂寞、孤独这些词儿。“搅水不浑”是这样的，那么一大池的寂寞如水，任凭她兴冲冲地伸长双臂搅下去，水清月明，不见丝毫浑浊，在村庄留守的她心也冷得如水。另一个也随声附和着……

我听到的最悲伤的词，是我不识字的姑母说的。父亲去世的时候，远在外省的姑母赶回来的第一句话：“我的亲兄弟啊，这下我断路了！”“断路”，这个词让我哭得几乎枯竭的眼泪，一下子又如磅礴大雨倾盆而下。原来人世的路有千千万万条，像人体的经脉一样，让留着相同血液的人可以找到彼此。父亲在的时候，姑母每年的春节都会回来，她带着她那边的特产，大包小包地扛着、拎着，喜滋滋地沿着她熟悉的路回到父亲身边。两个老人竟还像幼时，为一件小事也吵吵嘴，再和好。而现在，尽管我们热情相邀，姑母那边也连连答应，却不见她再回来。父亲是她的路。父亲去了，她的路就断了。

我们是父亲这条路分出的小道。年迈的姑母只要知晓我们安生，就足够了。

# 长草的时间

一位很有才气的文友，久未看到他的文章出炉。一日，我看见QQ上他的头像亮着，便关心地问。他那厢抱怨连连：俗事缠身，照料母亲，照看孩子，忙得分身乏术。原来，一直帮他照顾孩子的母亲刚刚做完手术，回乡下休养去了。妻子上班，家里有点儿空余时间的是他，他的时间之前给母亲，现在又都被女儿占据了。那个魔王般的五岁小女孩，要他唱歌，要他跳舞，要他冲牛奶喝，要他讲故事……折腾得他一点儿自己的想法都没有，每日里等她睡着的时候，他也累得沉沉睡去。他无可奈何地对我说："我一点儿都不喜欢小孩子，时间都被荒废掉了。"

他以为在他时间的花园里，因为女儿在其间的戏耍玩闹，不能开出他想要的鲜美花朵，白白荒废，长了草。张爱玲在

《我看苏青》中这样写："在香港读书的时候，我真的发奋用功了，连得了两个奖学金，毕业之后还有希望被送到英国去。我能够揣摩每一个教授的心思，所以每一样功课总是考第一。然后战争来了，学校的文件记录统统烧掉了，一点儿痕迹都没留下。那一类的努力，即使有成就，也是注定了要被打翻的罢？在那边三年，于我有益的也许还是偷空的游山玩水，看人，谈天，而当时总是被逼迫着，心里很不情愿的，认为是糟蹋时间。"我们自以为重要的努力，也许会被打翻。在动荡流离年代，战争轻易地击碎了你自以为的重要。在岁月安稳、生活盈足的现时今日呢？

想起同事曾兴致勃勃地给我描述她与父亲的相见。同事年届不惑，她去看望临近耄耋的老父亲。老父亲年轻的时候走南闯北，见多识广，是位有许多传奇故事的人物。我想，老人与子女相聚会说一些江湖传奇或者自己的赫赫过往吧。没想到同事说："我父亲讲，他有一次从上海给我带回来几块水果糖（那年代罕见的），他先给我一块，我怎么也不肯去上学，赖在家里号啕大哭，要水果糖全部都放我兜里。"同事乐滋滋地说，"我小时候怎么是这样馋嘴的人？"

看着同事灿烂地笑着给我复述这段老父亲回忆起来的往事，我可以想象老人说起当年闺女那副耍赖模样时是多么幸福，而女儿对于常年在外的老人竟然能忆起这么一段与自己相处的美妙时光又是多么惊喜和自得。

也许，要走到生命的尽头，岁月的河流才会告诉我们什么是最重要的吧！也许，长草的时间是最幸福、最重要的时间。

# 女人的“饰”心

少时，在小学堂里读《木兰辞》：“唧唧复唧唧，木兰当户织。……雄兔脚扑朔，雌兔眼迷离；双兔傍地走，安能辨我是雌雄。”诗句使我昏昏欲睡也不明所以，突然一句跃入眼帘：“当窗理云鬓，对镜贴花黄。”心惊喜地一跳，恍然大悟，木兰果真是女子。女人天生爱打扮，纵然是骁勇善战的花木兰，也改变不了这一颗爱“饰”的心。

想自己那会儿还只是细鼻细眼、长几根黄毛的小丫头，跟在父母后面去锄草，没干几分钟的活，就忘了劳动大计，单单去寻一种耳环花，直到现在依然念念不忘。在百度上查到，耳环花名青麻。花是明媚鹅黄色，拇指大，喇叭状，像小巧的风铃，掐下来有黏稠的浆汁，粘到耳朵上，便有了一副金黄炫目的耳环。那时的我自以为美艳动人，戴着它各处招摇。

考试考得好，母亲奖赏盐水煮青蚕豆。剥好的蚕豆，我使针弄线穿成一串后丢进铁锅里煮。煮熟后，捞起凉透。我把碧绿的一条豆项链美滋滋地挂到脖子上，舍不得吃，有意在伙伴们中间来回晃荡，引来她们垂涎和羡慕的目光。

村中还有一种植物，不知道叫什么名，果实是佛珠样子的，未长成时是翠绿颜色，成熟后呈光亮的灰褐色。我们几个女孩子抢着去收集，等有了一小罐，就用母亲纳鞋底的粗卡线穿成手链、项链，天天带着，洗澡、睡觉时也绝不从手腕和脖子上摘下来。

出外求学，逛夜市地摊，对小摊上的饰品款款满意，摸摸干瘪的荷包，最后选中一款印度风情的手镯，银白色，五根细铁环绞在一处，套上手臂后，摇一摇，像风中的铃铛清脆作响，心中充满鼓鼓胀胀的快乐，遂付款买下它。几日后，发现手臂上起了一圈红红的疹子。室友们大呼小叫，让我扔掉这手镯。我望着它银灿灿的娇模样，摇摇头，让疹子星火燎原般蔓延去，看它们能成什么气候。一直到这只手镯褪了色，我才丢掉它。

爱“饰”的心也不全然是坏事。母亲自父亲去世后，一个人独居，郁郁寡欢。我们的嘘寒问暖根本没有用处，她依然像霜打后失了水分的叶子，蔫蔫的，像快要干涸的河流，让人看着焦急又痛心。

我们只能把对母亲的担忧隐藏在心里。直到有一天，我回去看她，闲谈中，她晃晃脑袋说：“丫头，妈妈这副耳环是银子的，不知这辈子有没有福气戴一副金的呢？”听母亲戏谑中又满怀期待的话语，我欢天喜地地保证："我给你买！"我的话让母亲的眼睛陡然一亮，有了期待的光芒。

看到母亲说起金耳环时有了光彩的眼睛，我放下心来。我能感觉到，此时的母亲，想要一副耳环的母亲，因为父亲离世而颓败枯萎的心又生出一丝喜悦，生出了对生活的一些期盼。

# 一副假牙

小时候，我有一位要好的小伙伴——芳。她常常在我面前炫耀种种乡间所没有的零食，比如火腿肠、大白兔奶糖、巧克力……那是她的祖父捎来的。那位老人慈祥又体面，在外地工作。芳常常在我耳边津津乐道地说起祖父对她的宠爱，但从不提及祖母。我听大人们暗地里说过，她的祖母生了病，芳不喜欢她。

有一日，我去芳家玩耍。不知道为什么，我独自一人去厨房。在那里我撞见了芳的祖母。时至今日，她的模样我一点儿也不记得了，但不能忘记她穿着一身黑的布衣，见了我没有打招呼。她自顾自地把牙齿从嘴里拿出来，用一支牙刷在水龙头上不紧不慢地刷。我慌张地从厨房里夺路而逃，嘴里叫喊着“芳、芳、芳……”芳在前屋的院子中大声答应我，我一口气奔跑到她面前。她惊诧地问我怎么了。我慌乱地遮掩过去，没有作答。我怎么能坦白说出心里的话？我觉得她的祖母恐怖极了，像《聊斋》里的女鬼一样，竟然能把自己的牙齿拿出来。她的头会不会也能拿下来，变成《聊斋》里的无头鬼？我似乎隐隐地知道芳为什么要把祖母变成秘密。我窥见了芳的秘密，虽然年幼，但是我已经懂得，秘密是不能诉说和辨析的，否则友谊便会鸡飞蛋打。

我满肚子的心事瞒不过母亲精明的眼睛。从母亲那儿我才知道，芳的祖母拿下来的不是自己的牙齿，是假牙。我依然觉得那副假牙令人恐惧。戴着假牙的芳的祖母一点儿都不慈祥，那样的祖母怎么让人喜欢？我站在芳的一边。

再次见到一副假牙时，我已是青春锦年，身边还有了他，我们恋爱了。一个晴好的日子，我被他领着去见他的父母亲。对素未谋面的他们，我心里有些恐慌，要是不被他们欢迎怎么办？事实上，他的父母亲待我既不算热情又不算冷淡，看不清他们真实的态度。因为错过了回家的班车，我只得听他们的安排留宿下来。当我独自在卫生间里洗漱的时候，我看见了他母亲的假牙。那副假牙一副不惊不叹的样子出现在我眼前的洗漱台上，我没有小时候对假牙的恐惧感，心里竟有些安定，直觉上是我和男友的感情被认同的安全感。假牙总是隐私的东西，他的母亲许是真不把我当外人。后来，我就嫁了他。一晃十年过去了，婆婆待我真的如自己的亲生闺女一般。

第三次见到一副假牙是在医院里。先生因身体小恙而住院，我去陪护。在医院的公共卫生间的水龙头旁，我正手洗着换身衣物，一位老太太走过来。她穿着丝绸上衣和黑色绉纱的阔腿裤子，带着珍珠项链，肤色白皙。看得出来，老太太年轻的时候一定是个美人，或许气质如海棠花般清雅迷人呢！只见她拿出自己的假牙，旁若无人地轻轻地洗着。她不急不缓地洗着假牙，像小姑娘在水边静静地淘一块相思手帕。她的女儿跟在她后面，絮絮叨叨、愤愤不平地说着什么，她平静地听着。我用眼角的余光看过去，女儿也是一个美人，但与洗着假牙的老太太比，女儿的美太嘈杂，老人身上的气韵，美人在迟暮中的无惧和安静更让我心动。我想，我老了，要像这老太太一样，优雅地洗着假牙，在医院里也从容地生活。

这些年，时光仿佛水龙头下的流水哗啦啦地流去了，我惊诧于自己在流年中对一副假牙的情思暗换。年少时对假牙的恐惧，青年时对一副假牙衍生别意，如今也能无畏有假牙的老年时光。一粒沙里看世界，一副假牙里也能参悟有人说的人生三境界：见山是山，见水是水；见山不是山，见水不是水；见山还是山，见水还是水。

# 时光有情

记得很清楚，十五年前那个夜晚，我们正埋首在题海里奋笔疾书，还有十几天就要中考了。电灯突然灭了，停电了。四周笼罩在黑暗里，我们“唉”了一声后，心里不无欢喜。

我们找来一段蜡烛头，点亮。我们仨围着这一如豆的灯火，畅所欲言。马凡说：“我叫马凡，就是个麻烦！”马凡的爸爸是我们小镇的一位领导，常常跑步来给马凡送吃的。马凡却说他不爱她。马凡觉得她爸一直盼望生个男孩，没想到却是她这个女儿，所以才给她取名“马凡”。马凡最想考上大学，做个“马凡赛子”，让她爸明白，她这闺女比儿子还强。

吴婧接过话来：“你看我爸还校长呢，给我取名吴婧——无劲啊！今后我要改名吴加劲，我一定加把劲考到北京广播学院，然后留在北京做个优秀的主持人。”主持人这职业那时候对我们来说就像窗外夜幕上的星那样闪耀明亮，但是离我们这帮农村孩子太远了。她会去北京做个主持人吗？十五岁的誓言会随风而逝吧？

中考的成绩出来了，马凡的分数够上邮电中专。据说毕业以后包分配，就坐在邮局里收发信件，多舒服！马凡却轴着去念高中，她情愿在县高中那帮优秀的学生里黯然无光。

我在师范学校里收到马凡的信，她在信中写道，她排名在班级的最后，刚到那里就被男孩子们评为“县中十大丑女”之一。其实她的模样不糟糕，只是懒于收拾打扮。我回信安慰她，让她买些好看的衣服。她回信说的话却甚是豁达：“我的目标就是考上大学，别的都不在乎。”当一个女孩子为了梦想奋斗的时候，像一个英勇顽强的女斗士，把讽刺、挖苦、嘲笑、鄙夷一个个踢开，只剩下努力。最后她一路过关斩将，挤过独木桥，考到一所知名大学。

吴婧没能去心中向往的大学，只是被一所师范大学录取。她热爱教育事业的父亲很开心，然而她的主持梦却越发炙热。她一个人到处打听北京广播学院的招生条件。在大四的那年，她考上了研究生，也拿到了北京广播学院的本科录取通知书。她毅然放弃了读研的机会，走进北广（现改名中国传媒大学），做了一个大龄新生，一切从头再来。现在的她真的留在了北京，成了一名主持人。电视上她甜美娇俏的模样总是让我想起烛火摇曳，我们仨围桌而坐诉说梦想的那个晚上。

当她们的梦想像花朵盛开，而我心里那颗梦想的种子化成写出来的文字开在报纸上，虽然羞涩，但也开了小小的花朵。

回忆往昔，人们常说时光无情，而我觉得时光多么有情，她这样巧笑嫣然地给我们这些有梦想的孩子一个圆满的结果。

## 她来过，像流星划过

我们坐在小镇去城里的班车上。开车前，上来一位中年男子，他十分热情地跟先生打招呼，还挤到售票员面前，指着我和先生说："我买三个人的票。"先生忙抢上前去买票，好一番争执。我在记忆里逡巡一圈，也没认出他是先生的哪位朋友，只得悄悄问先生："谁呀？"先生回答："他是朱洁的爸爸。"

当"朱洁"这个名字从先生嘴里说出时，她的影像也在我心里鲜明可触。朱洁是我和先生的学生，我曾教了她一年的英语。见到朱洁的第一眼，我心生诧异。她的长相与同龄人有些不同，她比同龄人生得矮小，头发太稀疏，稀疏到清晰可数的程度，眼睛细小，眼泡肿起，肌肤是失血后的苍白。她的表现也让我诧异。当我在班级里让孩子们毛遂自荐做英语课代表的时候，他们都低下了头。我在沉默时等待，朱洁落落大方地站起来："老师，我愿意做英语课代表。"她果然起到典范作用，每次我要找人读课文、示范表演的时候，她总是第一个举起手来。她能流利地诵读英语句子，又能栩栩如生地表演书本上的人物及动物，这不仅让我惊喜，还让其他的孩子赞叹不已。她还总是及时地搬着有小半个她那么高的作业本到办公室。我虽屡屡让她找人一起搬，但她一次也没有请求别的孩子帮忙。

日子久了，我了解到朱洁果然如我想的那样身体不好。她患有严重的心脏方面的疾病，那种我说不上全称的病，医生说只有等成年后才能进行手术。我再也不敢让她搬那么重的练习本，于是跟她商量，卸下她的英语课代表一职，她却坚决不同意。她说，平常爸爸在外地打工，妈妈在乡下种了许多的地，非常忙碌。家里就靠她照应自己和弟弟。她会做饭、洗衣服、擦地，会做一切家务活。假日里，她还把弟弟放在自行车后座上带去乡下玩耍。她真是超出我想象的能干和结实。

我以为她会一直这样结实下去。到了六年级，学校重新分了班，她不再是我的学生。然而有缘的是，两年后她又做了先生的学生。初二这一年，她开始病重，时不时听先生回来说她在课堂上晕倒了，她爸爸来学校商量她的休学事宜。我问先生："她这一病什么时候好起来？"又追问，"不是说成年之后，做手术就不碍事了，怎么这么严重？"先生也回答不出一个所以然，只是摇头。不管我们多么不希望，朱洁她在十五岁这年真的去了。

与朱洁爸爸偶然相逢，让她的样子又在我的记忆里鲜活起来。她短短的一生，像被暗夜吞噬的星，也曾明亮过；像被狂风骤雨打折的花骨朵，也曾鲜嫩过。在十多年的教学生涯中，我的记忆里来来往往多少年轻活泼的生命，她来过，我永远记得。

# 腊月里的孩子

一进腊月，村庄的气氛与往日不一样起来，变得欢腾腾的。随处可见一簇一簇的人。身强力壮的几个壮实汉子被人家请去帮忙杀年猪。大姑娘小媳妇三五成群、喜笑颜开地去赶集，置办年货。还有一群有老有少的人约好同去村里的面粉厂磨面粉、蒸包子、包饺子、搓圆子。上了学堂念了些书的孩子们也不兴由着性子玩耍，要学着帮大人做一些家务活。

我家忙年，第一桩大事是杀年猪。杀猪的人在约好的时间上门，母亲去灶上烧滚开滚开的杀猪水。父亲和叔伯们协助杀猪的人一起上去摁住膘肥体壮、乱蹦号叫的猪。我拿出平日写算术题的作业本和铅笔，做小小账房先生。等肥猪变成白膘红瘦的一块块肉铺排在案板上，村庄的人都涌来买肉。父亲使秤报出猪肉斤数，我负责在作业本的纸上记下："旺财大爷猪肉五斤，福贵二叔猪肉六斤，潘奶奶猪蹄两只……”那时来买肉的人都不带钱，估计一是卖肉的主家忙得腾不出手来收钱；二来当场钱肉两清，也显得人情淡漠，倒不像一个村庄上住的、相处甚好的好邻居。过两天相互瞅着空闲时把钱送上门来，父亲翻开我记录在本上的数目，当面给人勾掉。村庄上的人总是这样厚道、干净地做到银账两清。

等猪肉钱都收回来，父亲都交到母亲手里。母亲一张一张地抹平，然后数上几遍，最后郑重地放进衣橱的隐蔽处。那是明年开春我和小弟的学费和春上田里麦苗的肥料钱。有了这笔钱，一个春天便可以过得蓬蓬勃勃。现在想来，父母亲在我少年时，便把这么一大笔的钱财账交给我应付，真有寄予厚望的意思。

有了猪肉，母亲便整日在厨房烹炸煎煮。母亲绞肉做肉圆，我和小弟在一旁帮忙剥青葱、去姜皮，给母亲做佐料。对这个我们倒不嫌烦。葱蒜姜齐全的肉圆，下油锅里炸出来，外脆内嫩、喷香，正合我们的口。父母亲蒸包子的时候，又会拉我们帮忙，父亲擀面皮，母亲捏包子，我们帮忙把从蒸笼里放在大竹匾里的包子，一个一个放到箩篮里。这档口我们因为不能出去玩耍，总要问母亲什么时候才没了。母亲总是回答：“多呢，多着呢！”再连笑带斥地说我们，“过年，不兴说‘没了’。”她转头对父亲说，“写对对联，记得让丫头写上一张‘童言无忌’。”

我还有一桩大事，就是除夕前两天得写春联。集市上有各式的春联卖，我看上一种艳红纸上写着金字，像莲花叶托鹅黄花蕊的春联，漂亮极了。那对联并不贵，父亲却不肯买。他只买红纸，回来了裁成对联大小，嘱我拿出平日练毛笔字用的墨水和毛笔写对联。我的毛笔字太难看，我又懒，屡屡跟父亲耍赖不肯写，他坚决不同意。他只对我说："你念书念到今天，一副对联总该会写的。"于是我一写就写很多，连家里的猪圈、鸡圈上都给写上春联。猪圈写"生猪兴旺"，鸡圈上写"鸡生大蛋"，灶头上贴"迎春接福"，又贴一张"童言无忌"。

村庄上的人最爱说一句"过年过的是孩子的年"。直至我为人父母才明白这话的意思：长大后的人，过一年老一岁，心上不免怅然。但过年时，看与自己一脉相承的骨血——孩子在自己的精心教养下，一年比一年出落得有担当、有本事，不免心上又欣欣然有盼头。

# 成长是一只经过小鱼的猫

一位要好的姐姐在 QQ 上签名："知我者，谓我忧心；不知我者，谓我何求？"发生了什么？在我眼里，姐姐的生活一直美满：老公努力上进又顾家；丫头聪明伶俐；她知性优雅，待人温暖真诚，我们都很喜欢她。我忍不住关切地询问，姐姐竹筒倒豆子似的倒出烦恼来，原来在忧愁她家丫头。丫头把所有的时间都用在写动漫小说上，早也写，晚也写，后来发展到课堂上也偷偷摸摸地写，丫头原来的好成绩似石头哗啦啦滚下山坡，找不到影儿了。

听着姐姐的烦恼，我仿佛回到自己的青葱岁月。那时，我正爱看书，父母亲却觉得课本以外的书都是闲书，家里除了我上学用的教科书，一张载字的纸片儿也没有。邻居家有很多闲书，这些闲书自然鱼龙混杂，我心里也明白读书得挑。邻人是鲁迅笔下衍太太似的人物，衍太太看见小孩子大冷天吃冰，不像其他大人呵斥着说："莫吃呀，肚子疼。"她一定和蔼可亲地笑着说："吃，再吃一块，我记着，看谁吃的多！"邻人听我说爱书，慷慨地让我随便拿。我捡起一本询问他："这本适合学生看吗？"邻人笑哈哈地说："能看，当然能看！"我揣着那本《穿紫衣的女人》躲躲闪闪回到家，专等夜深父母深睡后，悄悄地打开手电筒，埋在被窝里看。一翻开这书，我就看上瘾了，一直熬到深夜两三点钟。第二天，我像霜打过的茄子蔫瘪瘪地去上课。看完后，我又去邻人家换书，寻找跟《穿紫衣的女人》一个系列的书看。没过多久，我的成绩便一落千丈。父母亲探究原因，发现我躲在被窝里看书的秘密。父亲让我跪在天井里，母亲则狠狠地哭了一场。他们这副如临大敌的劲头，让我对这类闲书再不敢上手，只好如拉磨的驴子似的一门心思扑在学习上，成绩日渐提高，后来考上了自己想要去的学校，再后来也如愿以偿地有了一份终日与书打交道的职业。

经年后，我才知道那本《穿紫衣的女人》是言情小说，当年有几个同班的女同学因为深陷这类小说而荒废了学业。时至今日，她们说起来也是后悔不已。

我让姐姐把我的故事讲给丫头听听，告诉她成长是一只猫，总会途经一些发出诱惑鲜味的小鱼。不要为了眼前的小鱼，忘记修炼自己捉老鼠的技艺。等捉老鼠的技艺出众后，生活会犒赏你一条条大鱼。

# 第三辑

# 青春好：时光有情

人生像一棵茁壮成长的树，那些傻，是树干上生长出的枝叶。慢慢地，慢慢地，时光会在枝叶上挂上累累的果实，此之谓成熟。

# 青春花

当年发生在宿舍里的事，我大多忘记了。唯有这件，在记忆里很是清晰。作为一个旁观者，我为什么没能忘记？也许正因为我做了旁观者，才不能忘记。事件的主角是兰和桃。那时的我们正青春，都说青春如花，兰的气质，却不是空谷幽兰的兰，倒似剑兰，那花状如乳白色小巧灯笼，叶绿得葱茏如剑，骄傲拒人千里。桃，圆鼓鼓的脸蛋，饱满的身材，似树上结成实实果肉的桃，丰润充盈。

我一直以为桃长成这副丰满甚至让人觉得肥胖的形象，跟她的生活习性不无关系。她爱看言情小说，爱吃零食，无论何时看到她，准是一手拿着言情小说，一手拿着零食袋，零食袋里的内容又根据日子的变换而变换，瓜子、臭豆腐干、话梅、山楂……我每次跟她说话的时候，她总是急急忙忙咽下一口零食，从小说书里抬起头，迷糊地问我："做什么？"桃这样胡吃海喝，最可怕的不是身材走样，而是生活费时常接不上，常常未到月底，她就嗫嚅着跟宿舍里的姐妹借钱，等下个月初，她爸妈把钱汇过来时再还上。

那天，我回到宿舍里，发现宿舍里一副"山雨欲来风满楼"的架势，向来酷酷的兰，双手叉腰，口若悬河地数落着。其他人都在假装很忙，玲子拼命地铺叠床单，颇平整的床单整理了一遍又一遍。三两句听下来，我明白了，兰丢了五十块钱，她这会儿指桑骂槐的对象似乎是桃。桃前两天还在各处借钱。此刻坐在床上的桃，脸色煞白，但没有争辩。我加入沉默的人群，心里是话柄没有落在自己身上的释然还是怕引火烧身的怯弱？大概这些情感兼而有之。

桃不爱说笑了，我开她玩笑，说她装淑女。她也不跟我针尖对麦芒地斗嘴，只是朝我莞尔一笑。她吃零食越来越少，后来直接戒了。其时，我们也快毕业了，以为分别的日子很遥远，其实转眼已各奔东西。

在班长的积极筹划下，分别十年的我们有了一次再相聚。在酒店的入口处，先到的同学等着，以认出当年同窗为最大的乐事。当桃来的时候，不少人叫错了名字。桃优雅地介绍自己时，同学们都愣怔了，既而又开心地大笑。现在的桃，身材高挑，妆容精致，虽然不复当初的青春，然而优雅明媚，恰如一朵桃花般灼灼艳艳。

我们宿舍里只差兰没来，听说她结婚多年没有生孩子，现在终于怀孕了，在家安胎。桃在我耳边叹息了一声，悄声道出我记忆中的往事，她幽幽地说："我是恨兰的，当年她冤枉了我。但现在看我们都这么好，我依然希望她也好好的！"

我也跟着叹息一声。骄傲美丽的青春花，免不了遭逢人性自私、怀疑、嫉妒、伤害、冷漠等，被虫豸般的啃咬。而花儿们选择凋落还是继续明媚，真的是一场修行。想到这里，我的目光落在桃身上，觉得她格外美丽了。

# 生命中的第一颗星

叶芝在《青春少年之遐想》中写道："我很庆幸能察觉自己的烦恼，常常对自己说：'长大了以后，别像大人那样谈论童年的快乐。'"读到这里，我心有戚戚焉。

我很清晰地记得小学一年级的那些日子，暗无天日。我们一群村里的孩子被家长领着去镇上的小学报名。同伴们都报上了名，我没有，他们说我年龄不够。小伙伴们都背上妈妈亲手缝制的花书包去上学了，他们每天从我家门前经过，像花喜鹊似的叽叽喳喳地谈论老师和同学，我真眼馋。我爸从种荷藕的姑家，挑来一担藕，趁着夜色送到镇上小学校长家，我终于成了一年级的新生，虽然已是开学一个月后。

做为后进生的我，坐在教室里角落里。两位老师从来不叫我发言，也没有孩子跟我玩。先前的一个月，语文老师已把汉语拼音全部教完，我不会拼，更不知道“jqx，真淘气，从不和 u 在一起，它们和 ü 来相拼，见了帽子就摘去”这句朗朗上口的儿歌，在练习中怎么用。数学还好，学数字和分层，容易跟上。期中考试前，我听见语文老师和数学老师在讲台上争论让不让我参加考试。最后她们决定，我不参加考试。我妈也说我的字写得跟蚂蚁爬似的，不像邻居艳艳那一本子的字写得像钢板上刻出来的。

好在，期末考试前两位老师改主意了，她们决定班上学生全部参加考试，及格的就升入二年级，不及格就留级。我竟然考了八十多分，升入二年级。我待在角落里，小老鼠一样暗天黑地的一年级终于过去了。

二年级的语文老师，直到今天我依然记着她的名字——祁文华。她的相貌也在我心里清晰如昨。她一定过了不惑之年，留齐耳短发，嘴里有一颗银牙，爱穿蓝底碎花或者白底蓝花的褂子和藏青色裤子，整个人特别爽洁。

祁老师是按照高矮排位置的，个小的我被安排在第二排的位置，我终于从角落里的小老鼠变成老师眼皮底下的小白兔，我一直觉得坐教室前排的孩子就像小白兔一样招老师喜欢。开学没多久，祁老师搬了一摞子作业本过来，她把本子分成了两三摞后，清了清喉咙，郑重地说：“我要报一下作业写得最认真的同学的名单。”我一如既往、可有可无地听着。突然我的名字从老师嘴里报了出来，像一声惊雷，炸醒了我。我的心怦怦直跳，那感觉又像在空旷的公园里，停滞的喷泉突然涌出水花飞溅的泉水来，让人惊喜莫名。这是我做小学生后第一次受到表扬。祁老师的表扬像一颗星星点亮了我的心。

从那以后，我变了，变得认真又努力，是为了从祁老师嘴里听到更多的赞扬。孩子不都这样的吗？

在我变得比一年级优秀很多后，有一次我爸，拖着我在放学后去找祁老师。你以为，他是像现如今的家长一样，感激老师对我的关心和鼓励？不。起因是我把他买给我妈的一串扫了黄金水的项链，偷偷带到学校去玩耍，结果丢了。他带着我找到祁老师家，先给我一巴掌。祁老师吓一跳，她连忙说："有话好好说！"我爸就气急败坏地讲我把他买的项链给丢了。祁老师着急问："是真的黄金项链吗？"我爸回答："不是。"祁老师就一个劲劝慰我爸。她找了教室的钥匙，陪着我爸和我去空无一人的教室寻找项链。

后来有没有找到这项链，我已经记不得。我只记得，空无一人的校园里，祁老师、我爸和我三人把教室的每一个同学的桌肚子都翻了个遍。

项链事件后，祁老师待我一如往常，她常常会在上课前报一报作业写得认真的同学的名字，我的名字总是在的。我也越来越喜欢祁老师和语文这门课。许多年后，我还写起了文字，我想，祁老师功不可没。

这么多年过去了，想起学生生涯，想起在我生命中来来去去的那些老师，我上小学时宽厚慈爱的祁文华老师是我生命中的第一颗星，她照亮了我暗淡的来路，又引领我一路向前。

# 想念给我系鞋带的她

去师范学校报到的第一天，我被生活老师分配在一〇一宿舍。爸爸帮我把皮箱和领来的被褥放到床上，叮嘱了我几句，就急匆匆走了。没舍得走的家长，热闹闹地帮孩子铺床叠被。我一个人静静地整理床单，对铺的她也是一人。我望过去，她回我微微一笑，说她爸妈也都回了，着急回去摘棉花。像是一场热闹舞会上两个孤单人的相遇，我和她从彼此的眼里看到了温暖。

她说她是姐，其实我们同岁，她只大我几个月。在家她是老小，上有哥姐四个，都已结婚，剩下的她是爸妈心尖上的宝。

她真是有姐的范儿。每天早晨她先起，然后轻声地唤我起床。去吃饭，她为我占位，把大块的红烧瘦肉挟我碗里。充开水，她抢着拎两瓶，让我拎一瓶……我越来越依赖她。

她像块朴素的玉，第一眼看并不觉得漂亮，但是越看越觉得美丽温婉。同学军仁常在她座位前后晃荡。军仁上进努力，是学校的男工部长，长得星眉朗目，吹得好箫。我却莫名地讨厌他，看到他一脸笑意来她身边，我就发挥伶牙俐齿的本色，让他下不了台。军仁最后向我讨饶："你能不能不这样厉害？"我说："我受不了，你能走多远就走多远！"她看着我们唇枪舌剑，在一旁微微地笑着。

我发现军仁常常趁着我不在的时候来跟她说话，而她跟军仁似乎说得也很融洽。我的心情变得异样，像本来晴朗的天空突然下起了小雨。她来询问我，我就朝她发脾气，故意不理她。

我的眼睛疼，瞒着她一个人去医院。医生说，先吃药看看，不见效的话过两天再检查。几天过后，眼睛一点儿没有好转，反而更红更疼了。这一次，她坚决要陪着我一起去医院。医生说我的眼睛结膜炎严重了，眼睛里要打上一针。我心里惊惶，想要逃走。她不说话，只是抓着我的手，让我躺上床去。医生把机器拖过来，打开炫目的灯光……最后，我的眼被一块纱布封起来。医生让我下床，我用一只眼看这世界，突然觉得眼前高低不平。她急忙把我的鞋拿过来，给我穿上，再蹲下来给我慢慢地系上鞋带。

毕业十多年，我和她都有了所爱的人，各安天涯。在一些难过或幸福的瞬间我会想念她，给她拨电话。她在那边一如从前柔柔地笑着，我这样说一句："姐姐，想你了，你好不好？"

# 纸条里的流年

家里安上网线后，平常爱写些小文章的我，迫不及待地建了个博客，赫然发现它有一功能叫“纸条”。这里也可以写纸条？那一刻我仿佛叩开了记忆的门，又回到青春年少时。

初三那年，年轻帅气的数学老师是城里人，为了追随女友才来我们农村中学。一天，他抛出深奥的问题，然后睥睨着呆若木鸡的我们。过了一小会儿，我的同桌不慌不忙地站起来，进行一番头头是道的解说。数学老师“一览众山小”的目光里有了一丝惊诧，不屑的唇边有了欣赏的笑容。冲这，班级里有不少女孩子偷偷地对同桌有了好感。但那个时候男女生不怎么讲话。女生都像含羞草一样，自开自落自清高。同桌的我，借着近水楼台，给他写纸条。我在一张纸条上写：“想借你的数学课堂笔记。”

可是，一直没有等到他回一张纸条给我，我失望极了。后来毕业了，我们考取了不同的学校。有一次，我在熙熙攘攘的人群里看到他的背影，想起纸条的事，想要和他打声招呼的愿望生生地被我压了下去。

多年后，我在整理家时，把不用的旧书扔到一旁准备处理掉。一本旧书从我手中呈抛物线状飞落，从书里飘出一张泛黄的纸条，上面是当年的他刚劲又略有些清秀的字："笔记我整理好了，给你放在我的位置上，你自己拿去看吧。"

隔着长长的光阴，再读着这一张窝在手心上的纸条，我的心头仍是微微一颤。虽然记忆中的他面容已模糊，但透过这张纸条，我似乎触摸到自己当年青春辗转的心。那是我唯一一张写给男生的纸条，而这张纸条是我收到的唯一一张男生写给我的纸条。

在博客里与纸条重逢，我回忆起最初时光里的懵懂情怀，如新柳上抽的绿，泛着微金色的光芒，美丽而动人。

# 借给他的钱

他找到我的时候，我一脸讶异。他是儿时村里的伙伴，小时候我们一起跳小河里泡澡，藏草垛里躲猫猫，还在风清月朗的夜晚合伙偷过庄上人家的瓜李葡萄……

童年的美好光阴如箭飞逝，成长的路上我们选择不同的方向，我去远方念书，不喜学习的他选择辍学，去城市打工。一晃，我们都已到而立之年。多年后见的第一面，他胡子拉碴，脸色沧桑而憔悴。寒暄后，他欲言又止，老公很有眼色地退了出去。他嗫嚅着说："我…… 我想借你三百元钱，我下个月发工资就还你…… "我没有犹豫就答应了他。钱的数目不多，他找到我怕也是费了一番事的。

回家后，闲聊中我把他借钱的事告诉了母亲。没想到宽厚的母亲却生气了，她好一通埋怨："你倒是有钱！借钱要看人的。他嫌工地上的活苦，喊工厂上的活累，干活从来都是两日打鱼、三日晒网，欠着人家一屁股的债呢！你的钱等着打水漂吧！”

他第二次来找我的时候，我正在午睡，老公叫醒我，我一个激灵爬起来——他来还钱了！看到我，他却欲言又止、吞吞吐吐的。后来，我总算明白了他此行的目的，他仍是借钱来的。他说，本来要还我钱的，但工厂老板非说不到二十号不发工资。现在，亲戚家的老人去世了，他身边吊纸唁的钱也没有，能不能再帮他一下，只要一百块就够了。一百块，真的不多，况且事急，我只能借给他。

他第三次来找我时，我和老公在卧室里先叨咕了一番，要是他来还钱便罢，要是借钱铁定是没有的。他脸上几乎是羞愧的表情，絮絮地说，本来真不该来，小梅子（他老婆）在医院呢，她怀孕七个月了，今天早晨去码头摔了一跤，医生说危险，要做 B 超检查。可他身边一分钱都没有，急死了，想想只有我能帮他。女人生孩子可不是闹着玩的，我一下子忘了在卧室和老公密誓的话。他说借三百块就好。我去卧室取钱的时候，老公把守了一下，给了二百块。

我又回家的时候，问母亲：“小梅子的孩子不碍事吧？”母亲说：“好好的。怎么了？难道你又借钱给他们家了？”

我一口否认，却心胸气闷。他怎么变成这副模样了？这还是小时那个纯真可爱的他吗？我突然觉得，这样过日子的他多像一只浸在温水里的青蛙，我借给他的钱，是不是给温水下的炉子里又添了些柴火？

# 被命运选择

小区门口新摆了个水果摊，我去买香蕉，猛然发现摊主竟然是故人，我小学同学杨晓敏的大哥。他人到中年变胖了，但那大方脸和鼓鼓的金鱼眼泡，的确是我记忆中的模样。而时隔多年，他不记得我了。

当年我和杨晓敏很要好，对她家的一切了如指掌。她父亲去世得早，母亲过了壮年，满头灰白色的头发，沟壑似的皱纹醒目地排列在脑额上。两个哥哥大杨晓敏不少岁，都没娶亲，一家四口人住在一个小房子里。两个哥哥，一个叫大奎，另一个叫二奎，都身强力壮，但又都游手好闲，不肯下力气挣钱，只知道气恼母亲，问她要房子娶媳妇。

我去等杨晓敏一起上学的时候，常常听她母亲唉声叹气，有时也见她盯着杨晓敏出神。杨晓敏没心没肺地去菜地里，拔了两个萝卜到小河里洗干净，我们一人一个啃着，高高兴兴去上学。杨晓敏是那种虽然家境贫困，但肯与人分享吃食的伙伴。还有一次，她不知道打哪儿弄来一包糖精，小巧的塑料袋，里面装了一颗颗晶莹透明的颗粒，这些颗粒放一粒在嘴里就甜得腻死人。那时的我们穷，买不起零食，这糖精也算得可口的糖果。杨晓敏总是在下课的时候把糖精袋子拿出来，先捏一粒放我的手心里，再捏一粒在自己的手上，我们把糖精放在嘴里细细地咂吧。

上了中学，初二的时候，我俩没能分在一个班，各自结交了新朋友，我们相互有些疏远了。有一大段日子没有见到杨晓敏，我竟然分外想念她，忍不住去她班上找她。同学们说杨晓敏辍学了。我大吃一惊，回到家告诉母亲，母亲却是一点儿也不惊讶。原来她早早就听说，杨晓敏的母亲被两个儿子逼得没法子，终于同意让杨晓敏嫁给一户富裕人家的哑巴儿子。那户人家许诺给杨晓敏家砌一幢新房，好让她哥哥能够娶上媳妇。

我又一次见到杨晓敏，是在放学的路上。我看到她骑着一辆崭新的自行车在我前面行着，我大叫她的名字，她却越骑越快，她小小的身影在十字路口飞快拐弯后不见了。

后来，杨晓敏到底没嫁那户人家的哑巴儿子，她一个人出走了。当然那户人家许诺的房子也化为乌有。她的两个哥哥恨得咬牙切齿的，她妈妈则整日流泪。

听起来，杨晓敏的人生简直如一幕大戏，跌宕起伏。很多时候，人们被命运选择，而人们又怎样选择命运？我觉得杨晓敏的出走是她人生中最勇敢的一出。她的两个哥哥在她走后，反而踏实起来，一个去贩卖水果，一个老老实实地贩卖鱼虾，挣钱养活自己。

我至今没有见到过杨晓敏。有人说，在南方打工的她嫁了个会木工手艺的年龄相当的小伙子，两人相知相惜相爱。我愿意相信这是真的。我亲爱的同学杨晓敏，她在异乡一定过着婚姻美满、生活幸福的好日子。

# 花谢花又开

裙裾缤纷飘扬的季节，我会想起我的远房堂姐红裙。记忆中，我家和堂叔家的家境大不相同。堂叔头脑灵活，会面食手艺，还去渔场贩来鱼虾去市场上卖，贴补生活。我的父亲，老实木讷，只知道土里刨食，所挣仅够我们吃食。小弟一场重病后，我家的状况更是秋风般萧瑟和凄凉。

堂叔家搬进镇子中心“一上二”的楼房时，我家依然在村子里住着。堂叔对我们怀着怎样的心境，我不明晰，但堂姐红裙一定是喜爱我的。红裙的年龄和我相差有十岁吧。我上学必经她家，她只要看到我，一定叫出来：“小霞，小霞，中午来吃饭呀！”我朝她点点头，一路小跑着去上学。

红裙不念书了，她学了理发的手艺，楼房的下面一层刚好是铺面，我常常看到里面人涌涌的，想必生意很好。逢着雨天，红裙一定站在门口守着我，看到我就一把拽进屋里。我来的时候，堂叔和堂婶都吃过上楼休息了，红裙一个人亲亲热热地招待我，从锅里给我盛满满一碗的白米饭，红烧肉也装上一盘，让我尽情吃。

我吃饭的时候，红裙陪在一旁说话。她问我："学习紧张不紧张？"我回她："忙死了，连梳头的空都没有。"吃过饭，她就把我按在专用的理发转椅上，给我剪了个清爽的短发型。红裙说："等头发长了，姐再给你剪。"上学后，女生们一致夸赞说，发型很配我的脸型。

我又一次被红裙拉住去吃饭。我目不转睛地盯着她，她的皮肤像瓷一样洁白光洁，刘海儿钳成弯弯状，身上一袭湖水绿的连衣裙，裙摆上镶了白色的荷叶边，我想不出还有谁比她好看。聪慧的她一定看出了我眼里深深的羡慕，她微红着脸，问我："姐姐有一件穿小的裙子，你试试看能不能穿上？"我摇摇头。她不管不顾地拿出那件裙子。我眼睛亮了一下，这件裙子看上去依然崭新，绸缎般亮滑的布，白色打底，上面撒满了大大小小、五颜六色的圆点子，鲜艳活泼的样子。从没有穿过裙的我，满心中意，但依然忸怩着不肯试穿。在红裙的坚持下，我到底穿上了。我有了平生第一件裙子。自此，红裙姐陆陆续续送我不少的裙子。因为她，我青春时候爱美的心才没有那么荒凉。

后来，我去远方念书，与红裙姐断了联系。放假回来的时候，经过红裙家，发现店铺关了门。到家后，我询问母亲。母亲答，红裙嫁得如意郎君。我心里半是惆怅半是美好地喟叹了一下。

再有红裙姐消息的时候，犹如晴空下炸惊雷——红裙姐脊柱生了病，站不起来了。短短的一段日子后，红裙姐已经与我们永远两隔。我去看她的时候，她睡在那里，第一次没有站起来叫我，也永远不会再叫我的名字了。

泪眼蒙眬中，我看到红裙姐四岁的小女儿，那酷似姐姐面容，让我的泪奔涌得更迅猛。命运是什么？是狂风骤雨，无情地摧毁一朵花。命运还是花谢花又开，用不了多少年，丫头会长成姐姐的模样，热情善良，美丽如她。

# 时光如水，记忆如菊

人家的围墙用砖砌成镂空式，透过镂空望进去，墙内白的白，黄的黄，是菊花灿烂地开了。这一眼似乎瞧着了深闺里初长成的秀丽女子，一张莹莹、粉嫩的脸，美好得惹人沉醉。做孩童时最是忍不住那颗羡慕爱菊的心，趁着无人，偷偷溜进院墙里，采得一大把来，放在鼻上拼命地嗅，想把香气吸进肺腑里。

我们曾做这样天真的孩童，那些田头垄边的野菊花，纤瘦的黄毛丫头似的，不入我们的眼。我们知道，最风姿卓绝的菊花是李老师家院墙里的。文质彬彬的李老师，在给我们上《菊花》这课时，滔滔不绝地说到他家的菊花，有金盏菊、波斯菊、万寿菊、蟹爪菊……

听说李老师的新娘爱菊，李老师便种了缤纷的菊花。那个秋天，我们一帮顽童贸然杀进李老师的院落，是为了看一看传闻中的美丽新娘和菊花。跨入院门，满天井里的菊花映入眼帘，白的莹莹似雪，黄的灿灿如金，还有一些紫色的神秘高贵。这样鲜妍生姿的菊花惊住了我们的眼，摄住了我们的心魄，连微笑的师娘唤我们进屋吃糖我们也没听见。我们一伙人站在院墙里，啧啧赞叹地看着菊花，任由菊花美好的倩影在我们心里生根、发芽，蓬勃地盛开。

终于，在一个月光清亮如水的夜晚，我们一伙儿偷偷地潜在李老师家的院墙外。我们商量着爬过不高的围墙，偷采菊花。动作敏捷的乔像猫一样翻进院子里，我们负责接应她。她一趟一趟翻进围墙去，我们一捧一捧地从她手里把菊花接过围墙顶。到最后，每人手里都握了一捧菊花。在月色中，我们又像野兔般逃散而去。

我们偷菊花不久后，就传出李老师的新娘与他离婚的消息。那个美丽如菊的女人，不再在菊花如海的小院出现。有人说那女人傍上大款远走他乡了，也有人说那女子原是有心脏病的，为了不拖累心爱的人，选择独自生活，未过完那个冬天就离开了人世……

总之，李老师再让我们翻开《菊花》那课时，是恹恹的样子。我们时常想，是不是我们伤了那些菊花，那美丽的新娘才离去的呢？

李老师后来的新娘是个乡下女子，红扑扑的脸蛋，健壮的身材，像朴实的红高粱一样。她不爱菊花。李老师的院子里也没有种菊花。我也再没有看过哪家有那么好的菊花。

每逢秋菊盛开，这段年少时的往事就袭上心头。时光如水，记忆如菊，年复一年，又盛开在脑海里，诉说生活的快乐和忧伤。

# 一千块钱里的绵长深情

那个热气腾腾的七月，我收到了师范学校的录取通知书。我的心情一半振奋得如火焰燃烧，实现幼时理想了，我考上了心中向往的学校；另一半的心情又如掉入冰水中，通知单上数目巨大的培养费和学费对窘困的家境来说，是向微弱的烛焰上又吹上一口凉风。

爸妈卖了家里的稻谷，换得两千块。他们又去亲戚家借钱。亲戚们都是以种田为生，亦拿不出余钱。姨、姑、舅三家凑出六千块钱，加上家里的两千块，才八千块，通知单上注明培养费是九千块。眼看着报到日期就要到了，爸爸还是没能借到差的一千块。

正玲来我家的时候，我正又哭又闹地跟爸妈置气。我抱怨他们是世上最没有用的父母，孩子考上学校了，他们却拿不出钱来。妈妈唉声叹气地不说一句话。我跟正玲坐了初三整整一年的同桌，我们性格相投，很要好。她见我这副模样，赶紧安慰我："你别让叔叔阿姨难受，事情总会有办法的。"

几天后，正玲又来了。她告诉我，她写了信给在上海的姐姐，让她姐姐借钱给我。那时，我十六岁，正玲十五岁，她能从姐姐那儿为我借来一千块钱吗？那是二十世纪九十年代末期，一千块钱是一笔不小的数目。正玲信誓旦旦地让我别担心，好好收拾，准备去学校报名。

我满怀着期望在家等正玲的姐姐寄钱给我。然而两个星期过去了，依然没等到一分钱。我耐不住性子，骑车去找她。到了正玲家，她妈妈告诉我，正玲去上海她姐那儿了。我失望极了，在心里揣测，她这是不是避开我，生怕我要她兑现承诺呢？

正玲远走上海后，我对自己说，如果爸妈实在借不到钱，我就去南方打工挣钱，换一种活法算了。就在我心灰意冷的档口，邮递员送来一张让我激动万分的汇款单，来自上海的汇款单上赫然写着一千元的数目，是正玲姐姐汇过来的。过了几天，我收到正玲的来信，撕开信封，粉红色信纸又被她折叠成漂亮的纸鹤状，抹平纸鹤，四张十元的钞票从纸鹤肚里露出。她在信上说，她给姐姐写信，但姐姐一直没回信，所以她就去上海缠磨姐姐。姐姐终于答应给我寄来一千块。这四张十元的钞票是姐姐给她的零花钱，她没舍得用，也随信一起寄给我。

我如期去师范学校报到了，走进我想要的日子。不论时光过了多久，我总能记得那一千块里藏着正玲待我绵长又深厚的友情。

## 桂花蒸里的那场赌

农历的八九月，天气像被宠坏的孩子，爱耍小性儿。昨儿秋风起，身感凉意来袭。今儿又秋阳骄横，热得人出了一身汗，人们直呼吃不消。它又捧出一点儿可爱来招引你，空气里递来馨甜的香，使劲嗅了嗅，是桂花开了，这是桂花蒸的天。知晓典故的老人见怪不怪地说："老天爷在蒸桂花呢，能不热？"

我们南方的人一厢情愿地以为，老天爷的大锅里蒸的定是桂花汤圆。只因桂花汤圆香甜糯绵，是我们最爱的吃食之一。记忆里有热闹吃桂花汤圆的故事，那还是在读书的一段光阴里。

学校附近的小吃店里，新做了桂花汤圆来卖。我们这些离了故土在外求学的孩子，见了家乡的桂花汤圆，欣喜得如见亲人。老板一揭开门板营业，我们就蜂拥而入，守在小吃店里，等候热气腾腾的桂花汤圆端上桌来。

又一个满屋人声鼎沸、兴高采烈吃汤圆的晚上，一位和我同样来自南方小城的男生与班上另一位男生，为桂花汤圆打起赌来。南方的他夸下海口，说能吃下八碗桂花汤圆。身旁的男生当然不信，叫嚷着问："敢不敢赌一把？"也许，原本只是因为年轻，不知天高地厚地海吹神侃，哪里真能吃下这许多？但让事情急转直下的是男孩旁边的桌坐了本班的两位女同学，其中一位正是南方的他偷偷暗恋着的人。她们俩微笑着朝他们看，估计是一字不漏地听下了他们的打赌。

南方的他偷偷地瞄了一眼她微笑的脸，就像临战前的士兵喝下壮胆酒，策马扬鞭、一往无前冲上阵去。他士气满满，大叫着让老板上八大碗桂花汤圆。我们看着他自信满满地拉开大吃的架势。三碗后，他嗓子里饱嗝声连连泛起。四碗时，他的脸色涨红起来。到后来，他的肚子明显圆溜起来，头上也有大颗的汗珠滴落下来，有撑不住要呕吐的迹象。来围观的男女同学都开始担心，劝他不要再吃了。此时的他却犟得像头牛，一个劲地往嘴里塞汤圆。他心里怎么想？在心爱的女孩面前，不能做赛场上的败将？终于他很英雄也很难看地吃完八碗汤圆。

打赌后，那个给过他微笑的女生渐渐远离了他。辗转听人说，原本她很喜欢来自江南的他，以为他儒雅而有才气，但那场赌让她失望了，觉得他性格偏执。她是他心目中的桂花，而他却没有做成秋，没能让她在他的时光里绽放。我们为他一声叹息。

十年后，同学聚会，他已是一位事业有成的老总。回首往事，说起桂花蒸里的那场赌，那件为爱做的傻事，他说不后悔。人生像一棵茁壮成长的树，那些傻，是树干上生长出的枝叶。慢慢地，慢慢地，时光会在枝叶上挂上累累的果实，此之谓成熟。

## 我愿做一只普通的玻璃杯

二十多年前，那时我们上小学三年级。语文课上，老师郑重其事地问我们的理想。同学婧婧活泼可爱，她率当站起来，在全班同学面前说，她要做一个主持人。我似乎没有被点到名，但我在心里悄然发誓："长大了，我要做一名老师！"

不知道别人的人生怎样，我和婧婧都是求仁得仁，如愿以偿。现在的婧婧是北京一家电视台的主持人，而我则成了一名乡村小学老师。小镇的人们会在很多场合提及婧婧，我会得意地补充一句："我和她是同学。"他们总是不敢置信地问："你们是同学？"接下来他们会说很多婧婧风光无限的生活："她跟小时候太不一样了，简直像大明星一样漂亮，在北京那个高消费、大压力的地方还生活得如鱼得水，有了房，有了车，时常出入高档餐厅。餐厅里有钢琴，有音乐，有锃亮的高脚杯……”

虽然和婧婧在一个乡村长大，在同一所小学、中学念书，但二十年后我们的人生如此不同。婧婧的日子在人们眼里绚丽多姿，我的则平淡得如水一样无味。但我内心里笃定地认为我的幸福不比婧婧少。

那天学校里开完会，回家的时候，暮色已经笼罩下来。远处来了一帮青春年少的小伙子，嘻嘻哈哈地笑闹着。我正走着，突然他们中一人叫起来：“老师好！”我熟悉的稚嫩童音已然变得成熟，我嘴里应着：“你好！”心里念叨着：“这孩子叫什么名字？都长这么高了！”没容得我多想，像放爆竹似的连锁反应，他们一个接着一个叫起来：“老师好！老师好！老师好……”那一刹那，我的心里乐开了花，真有桃李满天下的盛世豪情。

开心的我几乎用小鸟般跳跃的步伐向前走。行了一小段路后，隐约看到路的北面站着一个人，似乎是我的老师的身影。等我走近，他却走到路南面去了。我靠近他，发现果真是我初三时候的数学老师，也是我的同学婧婧的爸爸。

我走过去，调皮地拍了他一下，他笑着转过身来。我大声说：“老师好！你看到我了没？”他说：“看到了，我想看看你会不会叫我。”我笑着说：“我怎么可能不叫你？”他开心大笑起来，我笑着跟他挥手再见。从前的他总是早早地就招呼我的，现在因为婧婧去了北京，想必留守在小镇的他孤单了，生怕被我们遗忘，所以才计较我会不会叫他一声“老师好”。

在乡村小学教书的我，过着缓慢的生活，与纯真的孩子在一起，还守在父母身边。父亲去世后，我常常去看独居的母亲，与母亲在一起说说旧事人情，看夕阳缓缓落下。那一刻，心里真是既快乐又满足。

有人说，人一出生就马不停蹄往坟墓奔去，所以人生是一出悲剧。而乐观的人则会说，人生哪里是悲剧，最多只不过是“杯具”。对我而言，人生即使是杯具，而职业可以算得杯具里盛放的饮料。我不是光鲜亮丽的高脚杯，只是一只普通的玻璃杯，我乡村教师的职业也如白开水一般寻常，但我依然每天都会品尝到甘甜的味道。我只要我的滋味。

# 青春的天空，偶尔也会有雾霾

他转学来，被安排在我们班，家长带着他找到我的办公室。我打量他，正抽条长个的瘦削身材，皮肤白皙，面目清秀。第一眼，他似乎不是那种会让人烦心的孩子。我微笑着点头，领他进班，把他安排在一个靠窗的位置。那里有大捧大捧的阳光从透明硕大的玻璃窗照进来。

很快一周过去，我发现他坐在座位上，像一株沉默在庭院旮旯的树桩，从不主动跟同学交流。从课堂上的提问来看，他回答起来虽然钝钝的，但断然不是一个傻孩子。那么，就是他的性格有些孤僻。

他母亲匆匆赶来见我。通过与他母亲的交流，我才知道他转学的原因。他母亲当年是村里女孩子中唯一读书读到高中的人，高考时因为一分之差而落榜，回家做了工厂女工。

后来嫁了一个做木工的男子，生了他。要是他的父亲是老实本分的手艺人，他们家的日子也定然和美。可惜那个男人是个赌徒，输光了家里所有的财产，只给他和他母亲留下一幢“一上二”的小楼房，就消失得无影无踪。

他母亲是个要强的女人，把所有的希望都寄托在儿子身上。

上了初三后，他母亲的唠叨更多了：“初三是关键时期，要认真学习。你只有取得好成绩，才对得起你自己，对得起我！”每每母亲怀着期望在他耳边告诫，他就感到仿佛遭遇一群苍蝇在耳边嘤嘤嗡嗡。怀着这样的厌烦之心，他的学习效果可想而知。学校的模拟中考测试，他的名次一落千丈。他把自己关在卧室里准备好好反省。母亲来敲门，那一刻，他觉得母亲一定又是来念那套紧箍咒的。他只想逃离、逃离，在那样的念头驱使下，他推开窗户从二楼跳了下去。

很幸运，他摔落下来的地方是他们家的菜地，他的脊柱只是稍稍受伤，做一个小小的手术后，他恢复了健康。后来，在舅舅的坚持下，他转学来到我们学校，来到我的班。

我终于明白他眼神里为什么会有大片大片毫无内容的茫然。除了对他母亲好一番嘱咐，我再跟他交心的时候，我说起了自己的故事。

年少时候因家境贫穷，我好像特别馋，每次放学回家途经水果摊时便迈不动步。终于有一天，趁着人多时我鼓起勇气，挤到水果摊旁，这摸摸，那看看，一副要买水果的样子，然后逮着摊主不注意的空当，用袖子拢了一只苹果。我自以为的精明，哪里逃脱得了摊主的火眼金睛，她大叫一声："好啊，你这孩子偷我的苹果……"人们的目光如针尖一样戳到我身上来，周围人毫不留情地指责起我："从小偷针，长大偷牛。"那段日子，我蔫头耷脑的，去哪儿都像灰鼠般躲在角落里。那段日子，我恨父母亲的贫穷，也恨世人恶毒的眼神和唇舌，有时甚至觉得自己活在这个世界很多余。

事情在偶然中遇到转机，因为父亲要去别地做工，我们一家搬离了原来的小镇。在那里，人们不知道我的往昔，我努力使自己变得美好。我认真学习，是老师眼里态度端正、上进的优秀学生；我跟着同学们一起参加各种活动，是他们眼里易相处的好伙伴。后来，连父母都对我大加赞赏。

听完我的故事后，他没有说话，但眼里含着晶亮的泪。其实，许多人年轻时候的天空并不是一直阳光普照，都有可能遭遇雾霾。

孩子，祝福你！

# 独享的春光

我去乡村看望母亲。早春的乡村照例是寂静的，天空是半透明的瓦蓝色。阳光照在身上，既不热烈得霸道，又不过分清冷，像谁温柔地盖过来一床丝绒毛毯。冬日里嚣张呼号的风到此时像野性子的姑娘突然做了人家的新娘，敛了脾气，吹面不寒，只给你贤淑温柔的好印象。

一尺多宽的乡间小道上，土的质感透过车轮传了过来，蓬松软绵，如云朵，如棉絮，给人舒服感，恨不得脱下脚上坚硬的皮鞋踩上两下。

田野上是成块的麦田。麦子的绿，一起开始使劲了，绿了一块又一块，旁边野草的黄，渐渐被麦绿替了下去。麦绿这样一往无前，气势磅礴，快要覆盖了整个原野。看见的人们都要心生感动和希望，这“先锋”的绿，要不了多久，就叫唤出一个五彩斑斓的春天。

小河里的水清凌凌的，如孩童的眼睛，一副懵懂、纯真、明亮的样子。小河里清晰地倒映着岸上人家的房子、已爆出星星点点鹅黄色新芽的柳树和留着一个硕大的喜鹊窝的高大杨树。岸上一个，水中一个，像是谁害怕这春光转瞬即逝，认真地做了一个备份。

小路上，一个人也没有遇着。那些寻春、探春、踏春、赏春的人们正在哪条路上赶路，还未到来？我有些窃喜地想，这浩瀚汪洋的春光都是我的了。我到的时候，母亲不在家里。我家前屋后逡巡了一遍，猪圈里那只小猪仔摇头晃脑冲我哼了一声，似乎很瞧不上我这三两月才回来一次的主人。鸡圈里养的一只鸡，突然咯咯咯叫起来，叫得惊天动地的，引我去一看，她是在显摆她生的一只大大的鸡蛋。真好！去年一冬天，母亲总在抱怨天冷干燥，她的鸡不生蛋，她的宝贝孙女、我女儿吃不到草鸡蛋。现在春天成全了她对孙女的爱，她该多么欣喜！

母亲回来了，看到我，她笑起来眼睛也亮了，然后得意扬扬擎着她的小篮子给我看。篮子里是小半篮新鲜水嫩的荠菜，原来她寻荠菜去了。我曾在诗情画意地吟出“春在溪头荠菜花”那句诗后，夸赞荠菜是春天最美的景和最可口的吃食。自我这么说过后，母亲便记着了。每个春天，田野上有一星半点儿的荠菜冒出，她就拎着篮子在田间垄头找寻。我知道这半篮的荠菜一定耗费了她半天时间。回来后，她不肯要我帮忙，一个人忙着和面、剁馅、包裹……终于赶在我临走之前，她把荠菜春卷和荠菜圆子做好了。她把它们装进袋子，塞到我手里。握着这一大袋子美味，我的心上顿涌感动和幸福，因为母亲，无限的春光都被我握在手心里了——这是我可以真正独享的春光。

# 立夏的鸡蛋

转眼又到立夏，家乡有立夏吃鸡蛋的风俗。婆婆念叨着：“一年一个节，马虎不得。”她打算去市场上选乡下人家喂养的草鸡生下的鸡蛋，据说那蛋更美味，也更有营养。

中午我到家的时候，发现桌子上摆了四五只颜色各异的塑料袋，里面都装着鸡蛋。我诧异地问婆婆：“买这么多鸡蛋，怎么吃得完？”婆婆乐呵呵地告诉我：“哪里是买的，都是邻居们送的。”她指着黑袋子说：“这是潘奶奶送的！”又拎了拎绿色的袋子告诉我，“这是韩奶奶从老家带过来的……”婆婆嘴里的这些老人都是从乡下来，租住在这儿的。

我家小区东边是两排未及拆迁的旧平房，年代久远，破旧不堪，平房的主人们早已搬进了敞亮的高楼，一些乡下人为陪孩子念书或打工，看中这平房租金便宜，便陆陆续续地搬进来。

平房里的人日子过得热闹、幸福、艰难还是窘困，高楼里的人们淡漠着，连一眼都不舍得瞥过去。婆婆是个善良、热情的老人，她在小区门口碰见谁都要招呼一声，也不管别人给她的是冷漠的一哼还是热情的应答。这些乡下老人搬来不久，婆婆就和她们成了朋友。对于人家的家庭故事，她也了如指掌。

潘奶奶的儿子不到三十岁就患白血病去世了，儿媳妇改嫁远方，留下一个四岁的小孙儿，一直由潘奶奶老两口拉扯着，今年已经七岁。老两口瞅着村上有钱人家的孩子都进城读书了，在土里刨食的潘奶奶和潘爷爷咬咬牙，也带着孙子进城读书。在婆婆讲的时候，老公和我也跟着感叹："他们的日子真不容易！"我们有心要帮助他们，可条件不允许，只是工薪阶层的我们，房子的贷款要还，孩子的教育费用、两头父母的生活费……我们也没有能力伸出援手。

今天潘奶奶却给我家送来这么些鸡蛋，怎么能让人心怀坦然？想必婆婆跟我们一样的心思，她急切地说："我要给钱的，潘奶奶怎么也不肯收。她一个劲说：'你肯把我当个老姊妹，很好了，要什么钱？要什么钱？'"

韩奶奶最喜欢和婆婆一起出去逛街，婆婆教会韩奶奶过马路要走斑马线，红灯停、绿灯行，给不认识字的她介绍路标、商场名字，一起去幼儿园给她的孙子签名……两人像亲姐妹一样好。

老人们趁着立夏这个节气给婆婆送来这些鸡蛋，是她们真心的回馈，是婆婆对她们的尊重、热情和友谊赢得了她们真心的感激。

# 端午的气味

张爱玲说她喜欢气味，比如葱蒜、廉价的香水、汽油、油漆、牛奶烤焦的气味。也不怪她喜欢，气味总是比声音、颜色、形状先一步驾驭我们的感受。逢到节日，最先击中我的当然是空气中流淌的气味，比如春节，天气干冷，爆竹烟花的气味很分明，腊肠腌鱼味到处飘荡。从小到大我最喜欢的是端午节的气味。

端午节的气味是清灵的，没有春节那种油腥烟火气。空气里弥漫着植物的香味，最先嗅到的是苇叶的水香气。古人唤苇作“蒹葭”。“蒹葭苍苍，白露为霜，所谓伊人，在水一方。”我读诗句，分明觉得苇就是在水一方的佳人。她亭亭玉立，长在水边，浑身散发那种特有的清香味道。端午时节，人们去江河堤岸边采来青翠碧绿的苇叶裹粽子。记得幼时，我母亲是采苇裹粽的的高手，专拣大而肥厚的苇叶，裹上糯米做成粽子，把粽子放进铁锅用大火煨煮。糯米的米香和苇叶的清香混合在一起飘荡在空气中，逗引得我们孩童馋猫见鱼似的围着灶台打转。

空气里还有菖蒲的香。一次，我看到一篇文中写菖蒲开紫花。我立刻将信将疑地去查资料。因为童年时我家屋后有菖蒲，我却一次也没有看到菖蒲开花。我眼中的菖蒲只有那种如剑形的叶子，叶子很香，竟比一些花香更浓，我以为菖蒲的叶就是花。菖蒲叶的香，若即若离却清晰可闻。小时候的我，摘下菖蒲叶，然后再一丝一丝扯开。粉身碎骨的菖蒲叶的香味更浓郁了，像在拼劲力气散发香味。

空气里当然还有我最难忘的艾草药香。彼时爱疯玩，不听母亲吩咐，去同学家夜宿，被传染上一种奇痒的皮肤病，涂抹了多少药膏也不见效。恰逢端午时节艾草生长繁茂，母亲听得一偏方，采摘艾草下锅熬出汁水来，然后天天用艾草水帮我擦洗身子。坚持一段时间后，果然奇痒消失，皮肤变得正常。自此，我主动请缨了端午割艾草的任务。我总是大捆大捆地往回抱。许多人不喜欢艾草的药香味，我对这味道却怀有一种感激的珍惜之情。

年岁越长，过节的心越淡。在丰衣足食的今天，我早已不再热切盼望粽子，但端午时节，弥漫在空气中的苇、艾草、菖蒲等植物的香味总是在瞬间让我记忆起那些美好的过往，并一次又一次唤醒沉睡的心灵。又是一年端午节的感慨后，心上涌起的更多的情愫是流年如水，易逝，当珍惜。

# 第四辑

## 流年暖：素日不叹流年

每到季节更替，人们怀念起“宿昔青云志”，免不了要感慨光阴似落花流水，其实这些素淡日子一样滋味绵长。学会不再瞻前顾后，只珍惜每一个素淡日子，不叹流年，这算不算得胸中有丘壑的一种？

# 盛夏的果实

夏，焰腾腾、热燥燥的，可是又让人有一种奇异的妥帖的心安。夏像母亲，是这样的一种，乡下久而得孕的女子，终于尘埃落定做了母亲。她总怀着一腔热气蒸腾的母爱，她汹涌的爱，急湍湍地朝那些顽皮的乡下孩子流淌开来。

她溺爱他们，舍得捧出她倾心倾力长出的果实，未熟的，熟透的，任凭他们享用。

树上的桑果儿，乌亮亮的紫，晶莹莹的红，她鼓起嘴巴轻吹一口气，桑果儿下小雨似的扑簌簌往下落。孩子们奔过来，小嘴里塞得鼓鼓的，口袋里呢，也揣得鼓鼓的，再互相看一眼，嘲笑对方像田里的青蛙换了紫衣，笑声银铃似的逗引得夏也笑了起来。

邻家树上的雪花梨，青翠翠的皮上的白点似雪花，梨肉是细腻腻、甜津津的。爬树比猴还快的男孩子，吱溜一声已坐在树丫上，嘴里嚼着，手里抱着，女孩子们在树下气得直跳脚。

藤上的葡萄，一串串，一挂挂，紫的，绿的，珍珠玛瑙似的诱惑着孩子们，比童话里的狐狸还狡猾。架上的黄瓜，细长长的，像苗条的有性格的美女，要小心再小心她的刺。摘一根，用妈妈的布围裙兜头盖脸裹上去，抹一把，再到小河里濯一下，啃起来，咯吱咯吱，又脆又香。

水里的菱角是很给面子的，捞出水就可以吃了，嫩嫩的，甜甜的。多少年后，回想起来，那滋味堪比初恋。而老一些的菱角要用铁锅烀煮。煮好后的菱角，还要借助刀来剥开，可是滋味更好了，黏里裹着香，像美好的婚姻，经风历雨后，反而更醇香、稳妥了。

藕是慢性子的大家闺秀，却再也不肯听夏的话，莽撞撞就上场来。她自顾自地开着花，乌沉沉的泥水里埋着秀美白嫩的身子。孩子们谁放得过她？他们学着大人说，吃藕就吃花香藕。花香藕的美妙，更是成年之后才懂得的，那不仅是藕的嫩、白、甜的美妙滋味，还有张爱玲要的那份“出名要趁早”的淋漓尽致的痛快在里面。

夏就是这样，对她爱的孩子们，她迫不及待且不遗余力地奉献她能献出的果实，来成就她最盛大的母爱。

# 夏日往事

他和她两个人，却有五张嘴压在肩上：一个老爹，两个孩子，还有他俩。他除了脸朝黄土背朝天地土里刨食，就去镇上的建筑工地一个汗珠摔八瓣地卖力气，做抬石子、挑砖头的搬运工。她家前种瓜、屋后长菜，还自诩“动物司令”，养了一群鸡鸭，一点儿也不闲着。

生活总像一只凶光毕露、穷凶极恶的野狼，在后面呼啸着追赶。他们从不敢停下来喘口气。只有到夏，三伏的夏，火气蒸腾，“野狼”暂且被逼退了一点点儿，他们傍着这蒸腾的火气，做短暂的休息。

他做惯活的人，一如既往地早起，去河里、沟渠里捉龙虾、捡田螺，来换换孩子们吃腻了瓜果菜蔬的口。天井的凉棚上爬满喜笑颜开的鹅黄丝瓜花和安静温柔的素白葫芦花。

凉棚下，他把一桶小鱼虾放在她跟前，她利落地收拾着。他掏出一支烟津津有味地抽着，听她絮絮地说："鱼虾红烧，多放一点儿油。田螺清炒，加一些辣子。烧好了，让丫头给何奶奶各端大半碗去。"何奶奶是他们的邻居，一个孤寡老人。

吃午饭的时候，瘦得柳条似的丫头吃了两碗，七岁的小子也吃了两碗，小子摸着西瓜般溜圆的肚皮，嚷着："爸，明天你还捉龙虾去。"他和她用鱼卤泡了饭，也多吃了一碗。吃过饭，她掀开锅一看，锅里连锅巴都不剩了。他们笑着说："照这样吃法，种的地还不够吃呢！"她把餐桌抹干净，他就在这桌上睡了。凉棚下，有风穿过，既凉爽又省了开风扇的电。她不管他，自己回屋睡了。两个孩子水鸭子似的在屋前的小河里抖水嬉戏。他在凉棚下的餐桌上，梦见稻子丰收，一田的稻穗把稻秆压得直不起腰……

太阳一点点儿往西沉下去，从丰收的酣梦中醒来的他，马不停蹄赶到田里去拔草，直到一两只萤火虫出来悠游才回来。她责怪他："大伏天不歇着，又去做……"他憨笑着："这比抬砖头轻多了！"她端出一碗鸡蛋糖粥递到他手里。他不肯吃，说："今天又没做工。"他用勺子舀了一勺递到她嘴边，把剩下的推到一旁虎视眈眈的两个崽子身边。孩子们三下五除二地喝完，撵萤火虫去了。她抵死不喝，他只得把勺子里的粥喝下去。

孩子们睡着了，装萤火虫的玻璃瓶明明灭灭，闪闪烁烁。又有成群的萤火虫飞来，围着玻璃瓶回旋，这里面住着的是它们的妻子或者儿女吗，所以它们不肯离去？他和她总是偷偷地放掉萤火虫，让萤火虫一家团聚。

他们这样守在夏日屋檐下的日子，似乎只是短短的一瞬。两个孩子转眼长大，像鸟扑扑翅膀，飞走了。

如约而至的热气蒸腾的气息，星星点点的流萤，又让我忆起旧日时光，那时候父亲还在，我们还小，夏日的光阴一派素然安静，而我们的幸福如水漫过。

# 立秋

立秋前的日子，天和地真像个严丝合缝的大蒸笼，被这蒸笼焖烤的人们，捽着汗珠子互相安慰："过几日就立秋了。一立秋，天气早晚凉，只中午一段有毒太阳，好熬。"小孩子还不即刻就信，以为是大人们一场望梅止渴的安慰。直到立秋那日，还在睡梦中，阵阵凉气透过纱窗袭过来，不由自主地捞起床角落的薄被单裹到身上，才知道天有威，说秋就秋了。

看万物如常，太阳一如既往地从东邻家的屋顶上欢腾地升起，又在冉冉升起中喜悦地变换着颜色，颇像川剧中的变脸，先是红彤彤孩童样羞涩可爱的脸，接着换成黄灿灿蓬勃的青春脸，最后太阳发出白花花、热辣辣的光，像人到中年再无犹豫，一条道走下去的坦荡模样。一条条成熟的丝瓜在废旧的电线杆上兴致勃勃地随风荡着秋千。朵朵明媚的黄瓜花在架子上风情万种地笑着。玉米叶子飞扬跋扈地伸到路上，一不小心就勾着行人的脸。这一切跟昨天没有什么不同，但人们还是感觉到秋天了，天的精神气儿与往日不同，一丝凉的气息不由分说地扑上来。人们裸露在外面的臂膀、脸蛋儿都敏感地感受到这气息侵袭过来了。

有人突然感慨，这秋来得真不是婉转曲折的，而是说来就来的“立”。“立”这个字是老天的精气神儿，真不是逗你玩的，说秋就秋，雷厉风行。

古人说四时，春夏秋冬，用“立”字打头，自有天人相应的深意。人要的也是“立”这个字。家庭里常常对青年男子有“成家立业”的殷殷期望。人们懂得“业”是聚沙成塔、集腋成裘的过程，靠的是水滴石穿、日积月累，一时半刻倒也不会追讨着年轻人要看“业”灿然美好的结果。人们喜看个“立”，心上有“立”字，凡事终会好。

村庄里有一位伯伯，他的儿子从来刁顽，平日里只管斗鸡嬉戏，游手好闲，伯伯常常被他气得吹胡子瞪眼，伯母为他则是眼泪串串。他们管教不住他，索性放手。一日，一帮浑小子去偷窃，伯伯的儿子就替他的同伙放风。当时正值“严打”期间，这一干不良青年都被捉进监狱里去。

等他从高墙里出来，已是八年后。伯父伯母原以为摊着这么个混账儿子，这辈子是哑巴吃黄连——有苦说不出，什么指望也没有了。哪知道，他出高墙后就生了“立”的心，娶了一个相貌虽极其普通，但分外肯吃苦耐劳的姑娘为妻。

据说，当年他帅气的外表一下打动姑娘的心，而他看也不看姑娘一眼，难得姑娘不离不弃地等候了他这么多年。

成家后，他俩先是在小县城里做水泥工，所挣仅够温饱，后来两口子一合计，借了些外债，买了条大铁船，一道出门去做水上运输生意，给人装沙石。他的生意日渐风生水起，成为同业翘楚。

现在的他在以园林著称的城市，有了自己的沙石场，有了自己的车、房、船，常常衣锦还乡。去年又把年岁渐老，需人照顾却又不肯离家的伯伯和伯母接去他所在的大城市团聚，享天伦之乐。

让人惊奇的不是他的“业”而是他的“立”。人们对这份惊奇永远像童年时代看炸爆米花，那爆竹样“嘭”的一声炸起来后，甜津津、脆生生的米花就出来了。那声“嘭”也许就像“立”在他心上的模样。

# 在秋光里行走

早晨，一个人出了门悠悠地走在路上，天空是带些浅灰的蓝，阳光呈现浅浅淡淡的金色，不热烈也不冷淡，给人可亲的随意的温暖，让人愿意披着这薄金色柔软的毛毯似的秋阳一路向前。

一条笔直的水泥路，两旁是民房。房的样式不拘一格，“一上二”的小洋楼和小小的四合院错落有致地排列。小洋楼新派洋气、张扬惹眼，红墙、蓝瓦、灰白色围墙的四合院则有时光的味道，让人心里怔了怔、默了默，想起老祖父和老祖母还健在的童年院子，一大家子人的欢声笑语飘进路人耳朵里，围墙都框不住。

远去的思绪被拽回来，人家四合院的白色围墙顶上覆满了绿色的藤蔓和叶子，一朵又一朵鹅黄色的花娇俏地立在藤叶间，俯视着我，笑意盈盈，是熟悉的丝瓜。丝瓜是一种柔软的植物，却让人看到努力的力量，不管有没有人给丝瓜搭建一条路，她自身总是积极努力地寻找向上的路，只在顶端、在高处、在靠近太阳的地方开一朵朵微笑的花，结累累的果实。

我的目光滑到院墙旁一棵蒲叶松上。有心气的植物哪里仅仅是丝瓜？扁豆把蒲叶松欺负成什么样子了？会种植的妇人随手把扁豆种子丢在了路边，当然也不曾记得给扁豆搭架子，让她顺架攀爬。没有架子怎么办？没有事，有生命就好。扁豆的藤悄然一跃，攀到蒲叶松上，顺着他又高又结实的树干向上向上再向上，在秋天里把紫色的蝴蝶样美丽的花、小旗子般紫红色的果都摆在蒲叶松硕大蓬松的头上，经过的人们都惊喜地笑出来："这蒲叶松上结了这么多的扁豆角呀！"

小洋楼和四合院之间有大片的空地，勤劳的人们不舍得地荒着。在这里可以看到一小片芝麻，淡白细小的芝麻花开在梃子上，秀气雅致，让人脱口而出一句"芝麻开花节节高"。还有一大块南瓜地，南瓜匍匐在地上，长得郁郁葱葱，南瓜花比男人的手掌还要大，形状貌似一个个小广播。女人如花，花也如女人。如果说丝瓜花是一路向上的职场精英般的女人，那么大而粗犷的南瓜花就是朴素的乡村妇人，虽在低处，但一样开硕大的花，结累累喜人的果。

还有一小块芋头地。芋叶上沾着晶莹的露珠，跟风姿绰约的荷有得一拼。再远处，是几棵玉米，像怀孕的女人鼓着肚子，骄傲而又满足的样子。越过玉米地是一片黄豆地，黄豆大半的叶子都成了苍黄色。来不及忧伤和感慨，就看到颗颗豆荚鼓胀胀地出现在眼前，不由得惊叹大自然这样鲜活生动地告诉我们生命的密码，总是用耗尽心血的苍老迎接年轻和蓬勃。再远处是成片的绿毯似的稻田，要不了多久就会变成金黄的海洋。

以为一个人走在秋光里会寂寞，没料到只是这样随便看看，心上便涌起无数感动的情怀，令人忍不住要道一声："天凉，好个秋！"

# 记得那些暖

乡村的冬天总是特别冷，空旷而辽阔的平原上，北风像受伤的野兽终日呼号着，它密密麻麻的小齿肆无忌惮地扑上人脸，使人感到一阵阵麻辣辣的痛。年幼的我常常被风扯得东倒西歪。推开温暖家门的刹那，眼泪往往也倾泻而下。

妈妈边抓起我冰冻的双手揣进她怀里，边安慰我："吃了饭就暖和了。"她连忙上灶掀开锅，我一眼瞥见，饭锅里有只空碗，她抓起这碗盛了满满一碗饭给我。我把碗握在手里，热乎乎的，冻僵的手指头不一会儿就灵活起来。那个年代没有微波炉，吃饭喜欢细嚼慢咽的我，总是吃了一小会儿，饭菜就冷了下来。聪明的妈妈想了法子，把空碗放在锅里蒸热，饭菜盛进这只有热度的碗里后再也没冷过。这只热腾腾的碗还捂暖了我冰冷的手。妈妈的这份独特心思，温暖了我在她身边的所有冬天。

后来，我离开她去远方读书。毕业后，我成了偏远农村小学的老师。学校的条件简陋，虽是砖墙，但是柴笆做顶，一到冬天，寒风不由分说地从破旧的窗户挤进教室。为了抵挡严寒，我从家里找来白色塑料纸把窗户蒙上。

放学后，我准备独自一人封窗，我所任教的一年级孩子太小了，他们帮不上我的忙。等他们背上书包一窝蜂散去后，我就拿出塑料纸和钉子爬上去封窗户。封好窗后我爬下来，忽然发现一个孩子还待在教室里，没有离开。我诧异地问："赵荣，你怎么还不走？"他默默地看着我，不发一言。我说："老师要走了，你也快走吧！"他陪着我走出教室，突然停下来说："老师，你的围巾还没有扎。"是的，我的围巾搭在椅背上，还没有围起来。这小人等在这儿，就是为了陪着我，提醒我外面寒冷。

镜中容颜已变，我已是一个有婆家的小妇人。都说婆婆就是另一个妈，婆婆从我妈口中知道我怕冷，她特地央求了熟悉的工厂女工，买了许多蓬松柔软的丝绵，又去市场选了上好的棉布料子，手缝了坐垫。婆婆年轻的时候是个裁缝，手艺很好，这坐垫缝出来，时尚，不落伍，赢得我一个办公室同事的夸赞。我对婆婆说："妈，这太费事了，去市场买一个坐垫花不了多少钱。"婆婆说："市场上卖的哪有家里缝进去的丝绵多，哪里有这么暖和？"

我一直把这些暖深深地储藏在记忆里。每次打开记忆的门，它们就像明媚的冬阳绽放，温暖严冬，温暖人生。

# 冬天的河流

到了冬天，季节仿佛一个人，渐渐变老了，万物一派萧瑟寂寥、了无生趣的样子。有旺盛生命力和好奇心的小孩子，却能在一片荒芜里寻到宝藏，那是流淌在屋前的一条带子样的小河。

天越来越冷，滴水成冰，土块子冻得像石头一样，张一张嘴巴，能看见呼出来的气得变成白色的水汽在空气中氤氲。"笃笃笃！"一声又一声重重的敲击声传入耳中，是早起的母亲使铁锹破冰取水煮早饭。此时，赖在床上懒得起床的我们呼啦从温暖被窝里钻出来，套上棉袄，去看小河。

我们呼朋引伴来到小河边。河面结冰了，有两块砖头那么厚。我们兴奋地走到码头上，捞起几块干净透明得如玻璃样的冰块，放在嘴里咯吱咯吱地嚼起来，互相问着："甜不甜？”冰应该是不甜的，但是当年的我们为什么觉得有甘甜的滋味？我们还用冰来搽手，不一会儿，手就暖和起来。再左右看看着，大人们都在屋里忙活着，我们便小心地走到河面上。几个人手拉着手在冰面上滑起来，抑制不住的笑声很快引来母亲们，她们中总有人火急火燎地从屋里跑出来，吼我们上岸。她们急赤白脸地叫着：“你们上来，上来！我喊你妈了呀？”

我母亲也是她们的同盟军。但有时候，母亲允许我们在她的目光的监督下从冰上走到河对岸去。我家有一个远亲，我们唤作三奶奶，她住在河对面。老人没有子女，一个人孤苦伶仃地住在破旧的老房子里。她头发都白了，从前裹过小脚，走起路来颤巍巍的，时常要拄拐棍。小河冰封的时候，母亲估摸着三奶奶打不到水来做饭，就用罐子装了饭和菜，让我们送过去。小河上倒是有一座桥，但在村子的最东边，要绕上一大圈的路，从冰上走过去省力省时。我和小弟抢着送这罐饭，一来可以光明正大地溜冰过河，二来可以落下美名。到了三奶奶家，她总是一个劲地夸我们好，还抱出一只土黄色的罐子，从里面掏出几个蜜枣塞我们手里……

光阴是迅猛追赶来的兽，三奶奶作古好些年了，我们也被它逼着一步一步丢开童年，离开家，离开小河，到外面去……

冬天，在大城市里想寻一条记忆中的小河却是不能。那宽阔的河流，即便天气冷到滴水成冰，河面上照旧一块冰也没有。在清晨阳光的照耀下，河面波光粼粼，像有无数的金鳞在涌动。远处是一条长龙般的蜿蜒的船队正缓缓地向地平线尽头驶去，只给人无限希望在前方的感觉。

我的心中暗生感慨，人的一生也像河流，不停向前，也许年幼时更爱冰封小河的意趣，成年后当懂得人应如严冬的大河，宽阔辽远，酷寒和风霜雨雪也锁不住它的浩浩荡荡。

## 那些微善良

去年遇见的那场雪，好一场鹅毛大雪，不一会儿地上就盖棉被似的铺了厚厚的一层。我们穿上雨鞋去看望一人独居的母亲。路上行人很多，雪被人们踩融了，化成一摊摊泥水。老远一辆小轿车风驰电掣地驶来了，先生一边拉着我躲到路边上去，一边担忧地说："你这身新衣服看来要泡汤了啊！"没料到小轿车的喇叭摁响了，速度慢下来，驶过我们身边的时候几乎没有一丝泥水溅起。

街边上新开了家茶餐厅，透过硕大明亮的玻璃窗，可以清楚地看到里面大理石砌成的桌子和竹子做成的秋千样式的椅子。四岁的小女儿一从门前过，便迈不开脚步，她迫不及待冲进店里去嚷嚷着："妈妈，我要荡秋千！"我抱着几个月大的小侄女，追在她后面。秋千椅子这么高，她根本爬不上去。侄女、女儿我怎好两头照应？隔壁桌的一位中年男子大踏步走过来，一把抱起女儿放在秋千椅上，旋即又回到位上去。手忙脚乱的我竟忘了跟他说声“谢谢”，等我回过神来，不远处的他和朋友们继续气定神闲地品茶论道了。

我们是这个旅游城市的新客，孩子急着找一个厕所，但城市迷宫一样的路线，真让我们束手无策。遇到一位衣着干净朴素的大妈的时候，我们正像没头苍蝇乱撞。大妈听后说：“这附近就有一个厕所，还真不好找，我领你们去！”大妈原是要买菜去的，这会儿她挎着空菜篮子走在我们前面。道路果然曲折，穿过两个小巷又拐弯，还在弯角的尽头，不是知悉的人，怎能找到呢？我们忙不迭地说着感谢的话，大妈摆摆手匆匆走了。

我的电动车倒在超市门口的地上，我一个人奋力地想把它扶起来。尽管我弓着步子、弯着腰、咬牙切齿地使劲，怎奈人瘦劲小，电动车如喝酒的醉汉，稍晃了一下身子，又死死地赖在地上。正在吃雪糕的她扔掉手里的雪糕棍，三步并两步赶上来，和我一起使劲地把车扶起来，我只能一个劲向她说“谢谢”。

在尘世奔忙，一路走来疲惫而负重的心灵，在遇见这些微小善良的刹那变得轻盈。我们能做的，不过是悄悄地捡起这些善良储藏在心间，只等日后转手赠予下一位需要它的人。

## 这些年，那些爱

二十岁那年，我从师范学校毕业，被分配到一所偏僻的农村小学。去学校的路是泥土路，晴天走路、骑车去都可以。到了雨天，行路艰难，两只胶鞋上一粘一大块的土，走路活像拔萝卜，早早出门却在上课铃快要响起时才赶到学校。校长计划阴雨天留老师们吃饭，但那时学校没有钱，老师们的工资也不高，秉承着“自己动手，丰衣足食”的想法，校长带领老师们在校园操场东边开辟一块地来种青菜、大蒜、萝卜等家常菜蔬。逢雨天时，从学校的账上支出一点儿钱来买肉，蔬菜就吃自己种的，吃不完的就采摘下来分给各人带回家去。他们抬水抬粪给菜浇水施肥，我也捋袖揎拳地要帮忙，被老同事们斩钉截铁地拦阻：“你这细皮嫩肉的，抬几桶水，肩膀最起码疼个一星期。我们来，我们来就好！”吃饭的时候，他们倒把大鱼瘦肉都搛到我碗里。在那所偏僻的农村小学，我感受到同事们对我亲人般的疼爱。

我调进镇上中心小学的第一年任教三年级。班上有个叫潘慧的女孩子，她每天总是第一个来学校，先用抹布把讲台擦得干干净净，再把书本、备课讲义收拾得整整齐齐的，放在讲台左上端。在栀子花盛开的季节，讲台右上端总摆着一只绿色雪碧瓶做成的花瓶，里面养了两三朵洁白的栀子花，是潘慧送的。我第一天见到栀子花的时候，绿瓶里插白花，那稚朴的美真让人眼前一亮，我惊喜地叫了出来："啊，栀子花！"此后，整个栀子花的花期，我的讲台上每天都有新鲜的花朵。多年之后，在商场遇见一位中年妇女，她叫我："颜老师！"我不认识她。看着我讶异的神情，她自我介绍起来："我是潘慧妈妈呀！"我想起那个每天给我收拾讲台和送栀子花的女孩。她告诉我，潘慧念大学了，成绩优秀，她又笑着回忆当年："潘慧在家不准我穿红衣，她说，你穿了才好看，我穿了就是难看……"我心里微微地颤抖，那是喜悦的颤抖。这人世除了至亲至爱的人，还有谁会像学生这样纯真热烈地爱我？

潘慧母亲的叙述，让我不由得回想起登上讲台这十多年来，孩子们给我的爱。一个一年级的孩子去亲戚家吃喜酒，最爱吃糖的他把桌上的糖严严实实藏在口袋里，一颗也不舍得吃，等见到我的时候，一把掏出来塞我手里："老师，给你糖吃！"一个快要毕业的孩子，因为调皮，平时没少招我训斥。教师节那天，他却第一个冲上讲台，把一条田螺项链放在我的手心里，那是他用积攒了很久的零花钱买的……

尘世间，让人们的心灵觉得快乐满足的永远是爱。工作这么些年，我的日子虽然清贫，但心中似花朵盈盈，因为教师这个职业汇聚了那些爱。

# 温暖的陪伴

半夜时牙痛。早晨起床后，先生自告奋勇陪我去治牙。牙医诊疗室是一个小小的蓝色格子间，里面放着一张躺椅形状的诊疗床，床上正躺着一位相貌年轻、打扮时髦的姑娘。牙医手握着一个吹风机样子的、拖着长长的线头的治牙工具。牙医用那工具在姑娘的牙齿上小心翼翼地打磨着，发出电锯切割东西时刺耳的“吱吱吱”的声音。姑娘皱着眉头，一副欲哭无泪的模样。一会儿，她头歪向左手边的垃圾桶接连吐了几口，唾液里面夹杂着鲜红的血。她又微抬了身子，看一看坐在她身边的女人。那个女人与她年龄相仿，只是服饰稍稍土气些。她俩也许是闺蜜，也许是姐妹。两人相视一笑，什么都不说，她又躺回椅子上，接受牙医酷刑般的治疗。她的表情明显比刚才镇定了些，是身边女人的陪伴给了她一份勇气和安心吧。

轮到我了，我看了看先生。他似乎一眼就瞧出了我的不安，安慰我："没什么，牙坏的人那么多，又不是你一人。"瞧他说的，似乎别人牙坏了，我的疼痛就能少一些。但有他这么一说，我心头的紧张和沉重感的确轻了些。等牙医把会发出电锯一样吱吱恐怖叫声的工具放在我嘴里时，先生陪侍一旁，他眼疾手快，恰到好处地把面巾纸塞我手里，让我及时擦掉流涎，保持体面和自尊。我对陪在身边的他，虽不能用言语致谢，但心里的感激是滔滔不绝的。

有没有人像我这样，去一趟医院，就要变换一下人生观？从前，我钦羡的是独自一人背包走天涯的铿锵明快和果敢坚决，只爱一个人月白风清似的无牵无挂和独来独往。如今却是烟火烦俗牵牵扯扯的陪伴更让我心生暖意和感激。我开始细心地留意起生活里那些山拥水绕、情意绵绵的陪伴。

在等绿灯的路口，看见斑马线上，一位年轻的女人扶着一位满头花白的年老妇人在穿过马路。是女儿陪着妈妈，还是媳妇伴着婆婆？她们慢慢地走，形成一个平静又美好的磁场，把周围的车水马龙、热闹喧嚣都隔开了，只剩下她们互相平静地陪伴着，慢慢地走向远处。

好久没有收到一位好友的信息。一个休息日，我问他："最近忙什么？"他说："休息日什么地方也不去，只是去乡下看望父母。陪着父亲、母亲。给父亲洗头、洗脚、剪指甲，给母亲劈柴、翻地。好好陪着他们。"他的父母都是七十古稀的老人了，母亲患过脑血栓，父亲得过肺气肿。两位老人如今最幸福的事就是儿子的陪伴吧。

有两三年了，上班的路上，我常常看到一位中年男子，拖着一条腿，慢慢地往前挪动。我揣测他原本该是健康的，后来因为疾病、车祸或者其他原因变成了这副模样。最初，我看见一个女人扶着他，两人一起在路上慢慢行走。后来，女人就站在旁边看着他。再后来，女人手里端着一口正洗着的锅突然从屋里冲到马路上，看到他还没有走两三米远，路上的行人都主动避让他，女人微笑着回到屋里。过几分钟，她手里拎着一根剥了一半的葱，又来路上望一回，他的身影在路前斜斜地、慢慢地移动，她又走进屋子继续干活。

我每每看到中年男子歪歪扭扭走在路上的模样，总要泛起一阵心酸，但当女人的身影出现，我心上又会浮起丝丝喜悦欣慰之情。

是的，有些路只能一个人走。在患病的路上、变老的路上，虽然谁也替不了谁，但有了陪伴，那些艰难险阻，泥泞困厄的老、病之路，总会让人感觉温暖与开心一些。

## 天使在的地方

十年前，我踏上这方小小的三尺讲台，那一刻，心里除了有实现幼时理想的兴奋和喜悦，还有一丝忐忑。人说：“家有两担粮，不做孩子王”，可见这孩子王不是那么容易做的。

然而，在这个世界上待得越久，越发现这里的美好。让我用拙劣的笔，来描绘一二吧。

有一年教师节那天，我刚走进教室，他就冲上来把一条项链放在讲台上，是一条石头项链。我表面平静，内心暗涌，我没料到他会第一个冲上来给我送礼物。我笑着问他：“朱浩，这是你送给我的教师节礼物吗？”他不说话，光笑眯眯地点了点头。又有孩子陆续送了花和贺卡来，我挨个表示感谢。

下课后，我把他送的项链放在掌心里，细细地看，左右各三颗鸭蛋绿的圆珠，中间是洁白如玉的一颗石头，石头被雕琢成拇指大的田螺形状，这很有田园风情的饰品正合我心意。我心动了一下，原来他是具有如此敏锐观察力的孩子。他一定注意到，与他们朝夕相处的一年来，我爱穿棉布长裙，常戴的饰品是玉或者石头。

还记得，开学后学校的第一次检测，我们班排名最后。办公室里的同事说："朱浩在你们班，你们班当然好不了，他是全校最差的学生呀！"我下定决心，一定要把他的成绩提上去。我动之以情、晓之以理的劝说丝毫没有打动他，他仍是那副不求上进的模样。我束手无措了，让他叫家长。原来他是单亲家庭的孩子，父亲常年在外做生意，母亲在他幼时跟人远走，他只跟爷爷奶奶过日子。没有家长管他，我就亲自来。他不肯发言、不背书、不写作业的时候，都会听到我的训斥，我还罚他站过办公室。

有时，看着他稚嫩的面容，我在心里偷偷地想："朱浩，不知道你有没有一丝怨恨老师？"当我看到这条项链的时候，幸福像沸水的水汽在心里氤氲，原来他没有记恨过我。

学生们的心就是这样纯洁得如朝露。教室里静静的，他们写作业，我备课，只听到写字的沙沙声，像可爱的蚕宝宝在吞食桑叶。我的钢笔突然断水了，想起墨水瓶还在一楼的办公室，我抬起头说："哪位同学愿意借支黑笔给老师用一下？"安静的教室立马沸腾起来，他们从座位上哗地冲到讲台上，争先恐后地说："老师，你用我的，用我的……"

我的自行车脏了，他们就悄悄地擦干净。我的玻璃杯忘放在讲台上，他们赶忙送到我手里。看到我怀里重重的一堆书，他们纷纷抢着搬过去……

很多时候，在成人的世界里，即便是一点儿小小的需要你也要靠付出来交换，谁会像他们这样无所求地喜欢你、爱你呢？

这里住着无数有着干净心灵的天使，所以明亮美好得像天堂。我愿意一辈子待在这三尺讲台，待在这天使在的地方。

# 美妙的半小时

有电话打来，是陌生的号码，来自石家庄。我摁下接听键，并不熟悉的方言噼里啪啦地冲进耳朵里。我定了定神，努力分辨了一下他说的话："猜猜我是谁？"我心里一个咯噔，警报拉响："是骗子行骗来了？"我冷下脸来："不知道，挂电话了！"那边急了："我是通城的！"通城倒是有亲戚，我的大姑妈在通城。我慎重起来："你要是表哥，就叫我的小名吧，要不我就挂电话了！"电话那头哈哈大笑起来："丫头，你真的不记得表哥了？"这爽朗的笑声叩开记忆之门，的确是表哥的声音，只是听上去比十年前苍老了许多。

表哥在电话里问起我母亲的身体情况，问起弟弟和我的婚姻、工作情况……我一一回答，也问起他的情况。人到中年的他，依然干老本行——木匠。年初，他与家乡的同伴一起离开通城，如今在石家庄的一家建筑工地上做木工。我忧心忡忡地说：“哥，房屋的高处你不要爬上去，让别人爬。”表哥又一次爽朗地笑起来：“丫头，在一起干活怎么好占别人的便宜，危险的活就让别人干？这也不是你哥的性格……”我改口：“哥，那你小心一些！”这样谈论生计艰辛，引我为他担忧，一定不是表哥打电话给我的本意。他话头一转，说起我小时候的事。

提到从前，事情还得从我大姑妈做小姑娘那会儿说起。当时，家穷又遭旱灾，姑妈不辞而别，离开父母，一路漂泊到通城，遇到大姑父。大姑父家里有地，地里可收棉花、高粱、红薯，还养羊，算是能填饱肚皮的人家。年轻的姑父人也忠厚老实，待她又好，大姑妈就留在通城与姑父成了家，生了表哥。表哥长到十岁左右，姑妈不堪忍受思乡之情，带着姑父和表哥，三人归省。全家人喜极而泣，原来姑妈在人世安好。

等到家乡再遭水淹，全家人都赶往通城姑妈家避难。那一年，我四岁。姑妈家的土坯房墙上有一破洞，我最爱蹲在洞旁，从洞里看外面路上来来往往的车辆和各色行人。表哥却最不能忍受墙上伤口似的洞。他放学回来第一件事，是用泥土夯成块，再用泥块把洞塞好。等他第二天上学后，我就站在那洞口摇晃身体。我绝不明着去拆洞，只管前后摇晃身体，晃着晃着，身后的泥块掉落去，洞又现出来。表哥归来，再填洞。他走后，我又会重复之前的动作，摇晃身体，只等洞再出现。表哥在电话里旧事重提，他说：“小时候的你那么顽皮，真让人受不了！”多么奇怪，表哥说往事的语气分明是快乐的，远去的苦难童年，如今在我们心头上泛起一片温暖的记忆。

姑妈去世的时候，我没能去。那时，我的父亲已经去世，小弟和母亲赶去姑妈家奔丧。表哥说：“已经有十年没见到你了！”是的，平日我们总是为了生活奔忙，相聚是奢侈的。但这通电话，分明让我感觉到亲情的分量。龙应台在《共老》里说兄妹亲情：“我们不会跟好友一样殷勤探问，不会跟情人一样常相厮磨，不会跟夫妇一样同船共渡……”

表哥打来的半个小时的电话让我明白，所谓亲情，是十年未见，你想起我来，依然是一颗最热烈的心，依然不忘相处的每一个细节。我们散落天涯，互不见面，却永远不会彼此忘记。

## 穿旧衣，穿新裙

张爱玲在《童言无忌》中写道："有一时期在继母的统治下生活着，拣她穿剩的衣服穿，永远不能忘记一件暗红色的薄旗袍，碎牛肉的颜色，穿不完地穿着，就像浑身都生了冻疮。冬天已经过去了，还留着冻疮的疤……"看到这里，我的心蓦然一颤，张爱玲这样咬牙切齿地憎恨旧衣，缺的是爱呀！

我也曾穿旧衣。那时年幼，家境本来窘困，屋漏还偏逢连夜雨，小弟生了重病，父母带着他辗转各大医院，总算救回小弟的命。只是家变得更穷，像就要坍塌的河堤。父母亲倒是有大禹治水的决心，坚信我们家的河堤会修整起来，日子会越过越好。

父亲去城里走了一趟亲戚后，背回一个大蛇皮口袋。他兴高采烈地把口袋从肩膀上放下来，那神情像童话书里的阿里巴巴从大盗藏宝的山洞里取得了宝物。我们凑过去，打开一看，是一大口袋的衣服。男式、女式、大人、小孩的都有，面料七八成新，式样也算时兴，这是城里亲戚送给我们的旧衣。母亲把衣服一件一件拿出来，就着我们的身高比画着。我和小弟欢天喜地挑选着自己喜欢的衣服。我选了一件灯芯绒布的褂子，褂子后面绘着贝壳和椰树，很有海南风情。我还准备要那件黑色的小纱裙，母亲一把推开我的手："裙子不准穿！"我气愤地说："为什么不能穿？"她语气有些滞重："丫头，村子里没有一个人穿裙子，我们家条件不好，你却要穿裙子，人家背后一定会嚼舌，洋不洋、土不土的，穿什么裙子？"年幼的我虽然不懂得母亲话语里的意思，但也不愿惹她生气，于是忍了穿裙子的心。

后来，父母亲合计做起了卖鱼的生意，日子一天一天如溪流往前流淌，也往更宽处去。因为他们的勤劳苦干，我家很快还清外债，还砌了新房。我们也日渐长大。我要去远方念书的时候，裙子在村庄里已是颇为平常的衣。母亲给我买了几条裙子，放在箱子里，喜滋滋地说："咱不做土包子！"

再后来，有了工作的我，领到用劳动换来的薪水，第一件事就是买裙子。我穿着街市上流行的新裙子，袅袅婷婷地回家看母亲。这一次，她开心地夸赞："我家丫头的裙子真好看！"

原来我穿一件母亲眼里的漂亮裙子需要时光来成全，时光也终于让我理直气壮地穿上旖旎新裙子。这人世有多少次是这样毫不留情地伤害我们，却又带来真心实意的美好。

穿旧衣，穿新裙，这便是生活——风雨过后是晴天。

# 素日不叹流年

青春时把生命当作画纸，心如热辣的色彩，恨不得一下子把纸填满，画出凡·高的《向日葵》，灿烂而不朽。光阴是画笔，只管不急不躁，一笔一画慢慢描摹着色，亭台楼榭——工作、婚姻、孩子都有了。人渐中年，上有老人，下有雏儿，生活的担子一肩挑起，日子虽然子芜杂，但也素淡下来。如果愿意和生活和解，日子依然成画，虽是中国简朴的水墨画，不那么鲜艳夺目，但自有一些幽静的气韵。

当然不会再在夜里热情地邀朋唤友蹦迪飙车，盼时光化作烟花绽放的璀璨。精简了，友人只三两个，偶尔一聚，喝茶谈心。至此，人生正如一杯茶，微凉不冷，稳稳妥妥地握在手心里，可以深饮，可以浅酌，全凭一颗心。

多年老友，不需费心费力地做初见时的客套和礼貌，互相只管敞开心扉。让婚姻之船搁浅的她，理所当然要被狠狠批评性格暴躁如火，一点就着，男人如钢，女人得以柔克之。对我自以为唯美诗情画意的小文，她只捉短处："你文中说鸡吃青草？那是鹅。"模糊记得鸡是爱吃青草的，难道不是？回去问家中做过农事的老人，老人说："母鸡不像鹅那么粗糙，大口吞草，母鸡只啄些微青草尖儿。"她再抓我文的缺处："你写梅子黄时雨，在家里和母亲一起拣棉花上粘的碎草叶。怎么可能？秋天才能收棉花，我们江南梅雨季节是五六月初夏之际，哪里有棉花？"失误如刺，藏在看不到的地方，她帮挑出来，为了以后不疼。友情此时不为凑热闹，只为在你费心费力织好的锦缎上再添绣上一朵花。

白天，我的时间都交给工作，同事倒似亲密爱人，日日相见。这部叫身体的机器，从前如永动机，蓬勃奔腾，而现在掉钉差铆的，时不时闹罢工，上一刻我还欢蹦着，下一刻就皱眉伏到桌上去。同事急忙放下手中事务，倒来开水，然后急忙去抽屉里寻药。又来一位，惊诧地说："这脸色如白纸，还慢腾腾吃啥药，赶紧送医院。我去开车，你扶她下楼。"到了医院，她们俩一左一右陪着我检查，旁人以为我是重症病人，其实不过是得了急性肠胃炎。

对婚姻里的那个人，我再也找不到当初心跳的感觉。他回来得迟了，我也不像从前那样站在路口上频频相望。他走进房间，我这厢依然安坐在电脑旁噼里啪啦地敲字，不用转头，他的一举一动了然于心，他在嗅鼻子，说："我想要去超市买东西。"我抢先一步说出来："你要买一盒空气清新剂。"

他一点儿也不意外地说："是呀！"要是青春热恋时，我们会为这心有灵犀激动半天。现在，我们只是淡淡一笑，接着各忙各的事。他打开零食袋子，那是女儿的吃食，抓出几颗碧根果，剥开硬壳吃起来。最后他送一颗给我，那是他剥得最好的一颗，果肉完整，呈现橄榄球状。我心里的蜜意像蒸腾的水汽般漫开……

每到季节更替，人们怀念起"宿昔青云志"，免不了要感慨光阴似落花流水，其实这些素淡日子一样滋味绵长。学会不再瞻前顾后，只珍惜每一个素淡日子，不叹流年，这算不算得胸中有丘壑的一种？

# 她的一生，也像盐

去一家化妆品店，导购小姐殷勤地推销一种花香型的浴盐。老公很外行地说："盐也可以做化妆品吗？"

商家落后许多年了，因为真正的美容大师在民间。想起幼时我最爱跟着的一个远房伯母，她有一张风干橘皮般的脸，脸上斑点密布，却常常撮了一小撮的盐浸在清水里洗脸。

回家后，我偷偷学伯母，也撮盐洗脸。母亲一巴掌打骂下来："作死了，小败家子，盐是偷来的，不要你的力气去赚？你不要学那张麻脸。"后来，年岁渐长中我辗转听说，伯母曾经是个美人，因为出麻疹，贫穷无医，才把一张如花的脸凋零如泥。村里的女人背过身就叫她"麻子脸"。这"麻子脸"一从口里出来，她们心中的羡慕嫉妒恨就没那么沉重了，像柳絮轻盈地飘远了。

村上的女人一律蓬头垢面，颜色混沌松垮的褂子随便搭在身上。在垄边和田里，一些油滑的男人们总会先扯一下她们的衣襟，再粗声大口开着玩笑。伯母呢，她一头齐耳短发，抿得一丝不乱，每日的清晨、午后都撮一点儿盐洗脸。虽是麻脸，但洗过后清爽得像雨后的叶子。合身的蓝底撒着小白碎花的褂子，褂子的前襟后摆没有一丝皱褶。袖口、领口上的扣子也扣得严严实实。那些油滑的男子见到她便乖巧了，柔声细语地说话。

伯母还种花，她种文竹、蝴蝶花、栀子……晚上，她用盐洗完脸后，再用一个玲珑的喷头给花浇水。文竹细细的，秀气纤美。蝴蝶花若蝶，翩翩飞舞。小小的我跟在后面看着，心里羡慕得无法言说，我母亲只种了两盆万年青，也没有伯母的青翠欲滴。我央求母亲多种些花的时候，她说："我哪有空？"

镇上的剧院用大喇叭通告有剧团来演出，伯母一定先用盐洗了脸，用清水抿了头发，买了票，端坐在座位上。她常常为戏文里的人流下泪来。村里的其他女人商量一起去，乘着人多挤进去，而未到散场，她们已是哈欠连天，睡眼蒙眬。

伯母的日子其实比其他的女人要更糟糕些。她有三个孩子，两个儿子，一个女儿。老大快要娶上媳妇的当口，突然得了血液病。老二倒是一直健健康康的，可是家太贫了，只能娶了一个口齿不清的姑娘做媳妇。女儿随没出麻疹前的大伯母，如花的模样，可是跟一个到村里做木工的匠人私奔了。

老实的伯父全然没有主意，伯母倒是一如往常地风平浪静。她把大房子留给二儿子夫妻俩。自己和大儿子待在小房子里。她每天仍是撮一小撮的盐浸在清水里。她没有向老实忠厚的伯父抱怨过，村里的女人都用上了一种叫雪花膏的东西。伯母不用，她还是用盐。

寒来暑往，流光暗换，大堂哥的病好多了，有照料自己的能力了。而一去杳无音信的堂姐已在归来的途中。伯母却在这时突然患病去世。衣冠锦绣的堂姐捧着伯母的照片，泪流成河。她拉开身边的箱子，里面是为伯母买的化妆品，而伯母这一辈子，只用过盐。她的这一生也像盐，遍尝人生的咸苦，却泛着晶莹洁白不肯蒙垢的璀璨光华。

# 每个人都有一株“丝瓜”

母亲一个人居住在老房子里。趁着暑假，我领了孩子去看她。母亲早在门外等着了。看见我们，母亲笑了，她笑得灿烂，像头顶上那一朵朵丝瓜花明媚盛开。

母亲又种了丝瓜，还给它们搭了架，牵了往高处攀爬的绳。架上满是大而肥厚的绿叶，丝瓜藤彼此缠绕着骁勇地顺着绳往更高处攀爬，直到占领绳的顶端。青翠密织的藤上有鹅黄的丝瓜花灿烂地开着。花叶之间已有细条条的丝瓜悄然长成，透着新鲜、干净、诱人的香气。母亲仰起头看着，溢出笑容：“明天给你们摘条丝瓜烧汤吧！”

从小到大，丝瓜是我们喜爱的佳肴。母亲有一手好厨艺，她会做各式的丝瓜菜肴，丝瓜炒鸡蛋、丝瓜煮茶馓、丝瓜肉圆汤……即便是丝瓜皮，经过母亲的手，也能做出一道鲜香美味的菜。但凡母亲能做出来的，我们无不一扫而空。自此，母亲每年都种丝瓜。

我嫁到城里后，母亲常常给我送来自家的丝瓜，她怕城里市场上的丝瓜农药残留多。父亲去世后，我担心她受累，不准她再种蔬菜瓜果。她不听，每年的丝瓜必定要种的，下种浇水、移秧施肥、牵绳搭架，一步也不肯省略。也许，对她来说，我们能吃到她亲手种的丝瓜，就是她的幸福。

凝视着母亲的丝瓜，我会想起国学大师季羡林老先生写的《神奇的丝瓜》，他这样写丝瓜："它有了思想，它能考虑问题，而且还有行动，它能让无法承担重量的瓜停止生长；它能给处在有利地形的大瓜找到承担重量的地方，给这样的瓜特殊待遇，让它们疯狂地长；它能让悬垂的瓜平身躺下。……它似乎心中有数，无言静观，它怡然泰然悠然坦然，仿佛含笑面对秋阳。"老先生透过丝瓜，参透人生的艰难险阻，抵达山开洞明、豁然开朗的人生境界。

而台湾作家龙应台在《慢看》中这样说："我想有一个家，家前有土，土上可种植丝瓜，丝瓜沿竿而爬，迎光开出巨朵黄花，花谢结果，累累棚上。我就坐在那黄泥地上，看丝瓜身上一粒粒突起的青色疙瘩，慢看……"在当下"快"字逼迫的生活面前，作家愿意慢慢地看一只丝瓜成长，让匆忙的人生脚步慢下来。

尘世中平凡如我，心里也长着一株"丝瓜"。我的丝瓜里浸着母亲年复一年、永不变更的拳拳之爱。

每个人心中都有一株"丝瓜"。

# 白白和雪雪

去年夏天，不知道打哪儿来一只老猫，真正“最毒妇人心”，她在小桥洞里生下五只小猫后，竟然一走了之。等我们发现的时候，五只猫崽子已经死了三只，只有两只一息尚存，睁着婴儿样浑然不知世事的眼睛。

我家孩子见着这两只猫崽后激动异常，噔噔噔跑回家，抓起一个她小时用过的塑料碗，翻出一盒牛奶。她奶奶追在后面，奶奶不舍得那只碗，是她周岁的时候买回来的，一直完好地给她收存着留作纪念。等奶奶赶到桥洞下，两只小猫被孩子捉在碗边上，吧嗒吧嗒地喝着牛奶。奶奶倒笑了起来，她想起孩子小时候。

这只碗里通常不空着。邻人们总是不由自主地就把吃剩的鱼肉汤汁倒进碗里。一转眼，两只猫长大了，有一根筷子那么长，身材匀称，通体雪白。我对小区里的孩子们说："给这两只猫取个名吧？就叫白白和雪雪。"白白外向，看见人就喵喵叫，围着人裤脚转，撒娇地上来左蹭蹭，右蹭蹭。雪雪则内向得很，一见人就呼哧一声蹿远了，在远处回过头来静静地望你两眼。

秋凉了，我们都有了些瑟瑟的寒意，衣服加了一件又一件。看到白白和雪雪的时候，先生说要给这两只流浪猫做一只猫屋。天气一日凉似一日，先生的猫屋却没有做出来，他找不到零碎的木头材料，没有钉子，也没有锤子，再加上他忙忙碌碌、吃喝应酬、娱乐休闲，也没有足够的时间。

有一天小半夜里，我起来去公共厕所，我打着手电筒，拉开门，突然发现脚下有一团白，吓了一我跳。它喵了一声，似乎在说："别怕，是我，白白。"白白坐在屋檐下，似守门人一般。我走到厕所去，它也跟着去。我到厕所的时候，对它说："白白，你走吧，我有手电筒，不害怕的。"它却不肯走，乖乖地坐在我对面的地上，时不时喵一声给我壮胆。我也就不勉强它，让它在一边。寂静漆黑的夜，有了白白的陪伴，我一点儿不孤单，心里还涌起了丝丝暖意。

先生的猫屋还没有做起来，冬雪却来了，人都冻得瑟缩了，不知道白白和雪雪晚上究竟在哪儿挨过这寒冷。但神奇的是，一到白天就看到它们活蹦乱跳的身影。它们在阳光照耀的屋檐下翻筋斗、晒肚皮和自己的影子嬉戏。它们玩耍的时候从来不越过屋檐下的门槛，也从来没干过溜进厨房偷吃鱼肉这等下作事，它们作为流浪猫却比家猫更有尊严和志气。

到今年开春，两只猫长得越发健壮肥硕，小区里的大人孩子每天必做的休闲项目就和白白、雪雪玩耍。看着两只流浪猫顽强、快乐地生活，人们会觉得生活中一切杂乱如麻的问题都不是问题。

# 那些花儿

二三月的平原乡村，无遮无挡，空旷辽阔。风虽是东风，却一点儿也没敛性子，依然粗鲁地撕扯着它的所遇，人也就觉得寒丝丝的，用棉衣包裹周身，丝毫不敢松懈，不知道春在哪里。一日，我经过小桥，无意地低头一看，桥头是红砖砌成，砖头缝隙里挤满了指甲大小鲜绿的叶子，叶子簇拥着蓝色小花。娇小的、粉蓝的小花星星般散落在叶中，这儿一朵，那儿一朵，这些小巧的蓝色花，又名婆婆纳。看到这些开得安静却也那么热闹的婆婆纳，我心里带着不敢置信的喜悦和惊叹，仿佛离家几年，当初邻家主妇怀抱里的襁褓婴儿，突然蹦跳着跑到你面前来说话唱歌，你不由得地讶异着说："这孩子长这么大了！"花儿都开了，春天真的来了。

婆婆纳绽开在桥头、路边、垄边，带来春天的气息。这气息如未生性子的潮水一样安静着，但你能嗅到它即将汹涌澎湃的味道。不过几日，空气里各种气味变得稠密起来。油菜花零星地开了一两朵，惊艳你的眼。只过了短短两日，油菜花不约而同地盛开了，那是金黄的海洋，一眼望不到边的金黄，空气中浓甜芬芳的菜花气味直钻你的鼻子，这气味仿佛毛毯似的温暖、甜腻地包裹上来。油菜花开得正好的时候，便是春如潮水般一泄而出涌上来的时候。我一直觉得乡村的油菜花有雄性的灵魂，热烈、坚决、盛大地开放，像我的父辈们。那会儿没有先进的挖土机、装运车，大运河就从他们的肩上开始变得雄伟和开阔。父亲说，凌晨五点起床挑河工，男人们一起上，喊号子、挑担子，苦是苦，但也热闹，很快那段河堤就被他们挑好完工了。再后来，不需要挑河工的日子，这一批乡下汉子进城做了建筑大军，且看城市每一处机器轰鸣的建筑工地上，他们挥汗如雨，短短数月，平地高楼万丈起！哪一次他们不是像油菜花那样热烈地盛开，再结美满的果。或者说，吃菜籽油成长的父辈们有了油菜花的品格，愿意不约而同地变得绚丽和美好，成就春天。

勤劳的农人们，通常在油菜花旁边种植一些蚕豆。蚕豆的花也开了，但是如果不仔细找简直找不到她们，她们都躲在叶子下面。张爱玲在书中曾记录下她的好友炎樱的话：“每一只蝴蝶都是一朵凋落的花的灵魂，她们翩跹飞回来，寻找她们的前世。”我以为，乡村里到处飞舞的蝴蝶断然不是油菜花、婆婆纳的今生，她们只有可能是曾经凋落的蚕豆花。蚕豆花才是真正的蝴蝶状，粉紫色的身子上一对黑晶晶的眼，怎么看怎么像蝴蝶。那么美的她们却一直被叶子遮挡和覆盖，叶丛下的她们早已许下来世做蝴蝶的愿望。她们还像那些乡村的女子，美丽又羞怯，永远安静地待在角落里，然而她们依然会认认真真地把日子过好，结一个蚕豆般美满的果实。

乡村的花儿还有荠菜花、喇叭花、野蔷薇……怎么说得完？只能说，春天要是没有这些花儿，一定像夜晚黑色的天幕上没有了星星，像失去了笑容的人的脸，该是多么无趣和寂寥。

## 被遗忘的池塘

走在车水马龙的街道上，两旁高楼林立，一家店铺里传来罗大佑的一首老歌《童年》：“池塘边的榕树上，知了在声声地叫着夏天……”我敏感的心顿时一怔，童年的物事从喧嚣热闹的老歌中，从记忆里席卷而来。安静的小村庄里有如天上星般散落安居的人家，这些人家多傍水而居，再不济，屋后也会有一方小小的池塘。池塘旁种的几棵梧桐树、桑树或者槐树都树冠如盖，像给池塘撑起顶顶遮风遮雨遮阳的伞。

为了安全，父母使出种种哄诱威逼的手段，阻止我们这些小孩去河里玩水嬉戏。其实湍急的毫不犹豫地把我们的塑料拖鞋带到远方去的河水，也使我们人心惶惶。但水的魅力又堪比棉花糖、赤豆冰棍。退而求其次，我们放弃村中的河流，选择池塘做我们的游乐场。水乡的孩子都会水，池塘又那么浅。

早晨的阳光被桑树叶细细碎碎地筛落下来，有的落在池塘边上，是一个又一个铜钱大小的黄晕；有的掉落在池塘里，光和水融为一体。我们一下子就看到池塘土黄色又特别干净的泥底，有小鱼儿在池塘里悠游，要不了多久它们就会成为我们鲜美的盘中餐。有螺蛳攀在池塘边的芦苇上。螺蛳总是乘着早晨或者晚夜的凉爽爬出水面，爬上芦苇秆，呼吸新鲜的空气，也许顺带打量这世界有没有变了模样。炎热的正午它们从不出来，只管躲在水里享受清凉。我们孩童常常感叹，螺蛳是多么精明。然而再精明的它们也赶不上村庄里最傻的孩子伶俐。祥叔家的傻哥总是能是趁着清早或者晚凉捉上一米萝的田螺。第二日，他去集市上卖掉，把挣得的零零碎碎的毛票一分不少地交到祥婶手里。祥婶过早布满皱纹的脸就笑成了一朵菊花，她允诺傻哥要把这些钱给他存好，等他长大好给他娶媳妇。

等到八月底的时候，池塘里的野菱结了果，我们就取出家里洗澡的大木桶，放进池塘里，然后稳稳地坐在木桶里，划到池塘的中央去采菱。池塘里有青翠欲滴的绿菱，也有紫红艳丽的大风菱。菱角一直到中秋节那会儿才凋落。菱角落，池塘的生机日渐委顿，孩童还是会频频光顾，看看会不会像书本上写的那样，有一只小蚂蚁把一片飘落的梧桐叶当作船，渡过池塘。

池塘，是水乡孩子最流连忘返的游乐场。在文人墨客那也毫不逊色于名川大山，是诗意栖居的地方。谢灵运《登池上楼》诗云："池塘生春草，园柳变鸣禽。"写的是池塘初盛的景色，美好得让人向往。

只是近些年，年轻人纷纷走出村庄，留在了那精彩的都市里，再也不回来。从前对人们来说，重要的像血管一样静静流淌的河流，日益被泥土填满变成了通向城市的路，而像人们眼睛一样明亮的池塘，也干涸消失了。越来越多的人留在了都市，遗忘了那一方小小的池塘。

# 第五辑

# 万物生：那些花儿

许多时候我们循着味道，想回到记忆中的时刻，再遇到那些美好的人和事。然而，时光是一条不逆流的河，那么对于人生这一路上所遭遇的所有美好味道，都好好珍惜吧！

# 老了的街

东边新街一修成，人们就称西边的街为老街。这有些像世事人情，有了孩子的人被称呼一声老王，仿佛不是时光把人催老，单是因为孩子的出生，人们突然就老去了。老街也是这样，先老在人们的嘴里，然后在时光里门庭冷落，不复当初的生机勃勃、热闹喧嚣。老街，老了的街，它热焰腾腾的往事只在人们的记忆里流淌。

彼时，老街红火得像六月的太阳。从北往南，一路看过来，包子店、水饺店、水果店、剃头店、服装店……逢年过节，街上密匝匝的人，商店里也是涌动的人。小孩子像泥鳅，在人缝里挤来挤去。

老爷爷打纸牌赢了钱，就带小孩子去水饺店。店里常常人满为患，想吃水饺，往往要等，得眼尖腿快。看人家吃好了，急忙落下自己的臀。老板干净利落地端上一只白瓷蓝花的大海碗，满满一碗汤，汤里有二十个饺子，汤上漂着碧青青的芫荽，猪油混着芫荽的香狠狠扑上来。小孩子的碗很快见底，他们心满意足地摸着溜圆的肚皮。童年时，幸福不过是一大海碗的水饺。

剃头店的门口终年挂着长长的白色塑料飘带，微风吹过，似身材纤细的姑娘在随风舞蹈。朝里面瞥过去，墙上贴着时髦的美女画，店主大爷身后排了蛇形的长长一队人。大爷家有七个女孩儿，模样一点儿不比画上的差。人们都说是七仙女下凡投胎他们家的。有媳妇和汉子赶了十多里路来剪头，看个稀奇。还没娶上亲的大小伙，心里就有一点儿的念想了。朴实的乡下爱情，不需过多附赘，期冀着能对上眼，那爱情便能发芽开花。

书店里有小连环画出租，五分钱一本。放学了，小学生书包一扔就来看书，一人一本，看过自己的，再互相换着看一遍，省下五分钱，可以一人买一支赤豆棒冰。租书的老婆婆总被他们的精明逗笑起来。

当然还有叮叮当当的锡器店、钟表店、澡堂……

老街，麻雀虽小，五脏俱全。后来，最先关门的是剃头店吧。七仙女们把店开到大城里了，一个人一个店，开了七家连锁店。她们的爹——传给她们精绝手艺的爹在她们身边安享晚年。

小孩子们马驹般撒欢的腿，被新街上形形色色的小吃店招引去，书店也关掉了。小镇上的人家也迈着都市的步伐，家里装了电脑，连上了网，老人们稀奇地说：“听说网上什么都有……”

老街上，一扇一扇关起的门，像秋风里飘落的一片又一片的叶，那些郁郁葱葱、枝繁叶茂的往事，只留存在回忆里了。一条街也如人的一生，走过青春葱茏和繁花似锦，只剩下清淡淡和静绵绵的老。

# 水码头是水乡的逗号

故乡是水乡，河流密布且相通。人家傍水而居，为了能掬一捧清凌凌的水洗菜、蒸煮，家家户户门前都砌了水码头。

不消说，砌水码头是男人的活。男人就地取材，砌房用剩下的红砖、青砖在手中像列队的小兵一个一个排起来，再一层一层叠上去，变成台阶。还有一些男人会木工手艺，在河里打下木桩，钉上木板，修成栈桥一样晃悠悠的木码头。偶有一家水码头用水泥砌成，砌得宽宽的，像镇子上影剧院前的台阶，气势磅礴，可知这人家的经济够富足。

我家虽家贫，但水码头是用水泥板修成的。父亲在建筑工地上做小工的时候，把人家废弃不用的水泥板用双肩挑回来，砌成了一米多宽的水码头，可容三个人一起上下。村里的女人羡慕母亲，说父亲对她真是好。

天边上还挂着一两颗星，女人们就起来了，臂膀上搭了手巾，一手拿牙刷，一手拿淘米箩，迈着轻轻的步子来到水码头上，碧水如镜，当河理红装，洗了脸，梳了头，收拾干净后，哗啦啦淘米。米粒儿在淘米箩里腾挪跳跃的声音引来相隔不远的另一个水码头上女人的招呼。接下来，村庄就飘起袅袅的炊烟，一天的日子就这样开始了。男人吃了早饭，外出做工挣钱，女人在家锅前灶后地忙碌着。

中午是一段寂静时光，男人女人都小憩了。孩子们偷潜到水码头上，水中有小鱼小虾来回悠游。孩子坐在水码头上，把脚放在水里，让小鱼轻吻自己的脚趾头，或者用淘米箩去捕米色的灵动的小河虾，捉住后想大叫一声，倏忽又捂了嘴，不能声张，这是大人不知道的隐秘的快乐时光。

傍晚时分，男人灰扑扑地从外面回来了，在水码头上哗啦啦捧水洗着身子，高兴起来就一个猛子扎到水里，像一尾灵活的鱼在水中游动。女人和孩子就站在岸边笑着看。女人告诉男人孩子中午偷上水码头的事儿。男人一把揪住孩子要他学游泳，孩子两手傍着码头不肯离开，做父亲的就狠下心，推开他，把他扔到水中央去。孩子呛了好多的水，坐在水码头上大哭。他不知道这是人生的第一课，将来他总要离开水码头，独自去远行。

此去经年，再看身后的故乡，那片水乡像一篇灵秀的文章，那一条条明澈诗意的河流便是成文的句子，而一个个水码头是句子的逗号。句子因为有了逗号，才有了忧伤喜乐的情怀；河流有了水码头，才有了生机勃勃的生命气息。

# 外婆的荷

外婆家所在的村庄四面环水，盛夏时很清凉。每逢暑假，我们便去那小村庄“安营扎寨”。外公外婆都还健壮，他们有一条木船，我们未去的时候，船在岸上休憩，外公给它涂上黄澄澄的桐油，放在太阳下暴晒，我们抵达时便是木船下水的日子。

屋后是宽阔的外河，水里植着成片的荷。外婆摇着小木船载着我们穿过厚石砌成的闸口向外河驶去。我们坐在船头，把脚放在水里，让水温柔地抚过肌。抬头四望，满河碧翠，粉红菡萏点缀其间，禁不住朗诵起从书本上学来的诗歌：“接天莲叶无穷碧，映日荷花别样红。”外婆听了，笑容爬满整张脸。

一路上无数的荷花朝我们频频顾盼着，荷花一律身姿亭亭，碧绿的叶子新鲜得要滴落到水里去。花儿或是娇羞地打着朵儿，或是妖娆盛开，明媚美艳。还有一个个莲蓬像结实的少年，等着我们去摘。我们心痒难耐，大呼小叫着要去采。外婆却不肯停船，行了好一段水路后，她才住了船，让我们自由采摘莲蓬、荷花、荷叶。外婆穿起防水衣，下到河里给我们取藕。此时的藕有名目，水乡人称“花香藕”。花香藕甜津津、脆生生，口感堪比雪梨。只有来了贵客，水乡人才用花香藕招待。

我们咯吱咯吱地嚼着藕，问外婆：“满河的荷，为什么不能随便采摘？”原来，河被水乡人家分段承包来种植荷，别人家的荷当然不能采。荷就是水乡人家的口粮，立秋过后荷长成藕，从泥土里取出来去街市上卖掉，得了钱换回柴米油盐等一应日常所需。外婆语重心长地说：“虽然外河宽阔，并没有人会看着自家的河段，但是人要像藕一样洁白无瑕。”

经过一年又一年的暑假，光阴荏苒，我们渐长，外婆却日渐老去，她不能再划着船载我们去外河。在门前的小河里，她特地种了几许荷。每逢暑假来临，她便捎信让我们去采荷。我们去的时候，她便欢天喜地站在岸上，看着我们划着小船，在几许荷中间游来荡去。她脸上的笑像水面的涟漪，一波一波荡漾开来。

我们终于如荷般亭亭玉立时，外婆老得走不动了，她还种荷，种在一只大大的水缸里，等候我们去。看到水缸里的荷，我分外感慨，外婆这样一刻不停歇地为我们种荷，荷里藏着她对我们的爱。再细看那荷，心上又涌起另外的滋味：外婆是不是用她一生的睿智在告诉我们，一株荷，处处可以安，不论是在河、湖、塘里，还是在一个局促的缸里，都能亭亭玉立，优雅从容。

# 美味不再来

梁实秋在《腊肉》一文中写道："真正上好的腊肉我只吃过一次，……此后在各处的餐馆里吃炒腊肉都不能和这一次相比。""这一次"是指他在湖南湘潭朋友家吃腊肉，宾主尽欢，喝干一瓶温州老白酒。

并非只有大师才会这样感慨，尘世中普通的我们也常常幽叹：蜂蜜没有幼时亲手从柴管里拨出来的甜了；市场上石榴果肉红宝石虽然好看，但寡淡无味，哪里是记忆里的好味道?

我的朋友这样计较荸荠的味道。逛街的时候，卖荸荠的小摊主殷勤地招呼着："姑娘来吃一个，不好吃不要钱！"朋友走上前去，从篮子里挑了一个颜色红润、个大儿的放嘴里，未吃完就嫌水分太多，没嚼头。摊主一听急了："姑娘，你这样挑剔，倒是买不着东西了。”朋友轻叹了一声：“是的，我要的那种味道，买不到了！”

有些味道是握在手里的一把亮闪闪的钥匙，不经意就开启了一扇记忆之门。朋友打小就喜欢吃荸荠。父亲娇惯她，分田到户的两三亩责任田，别人家一律春种麦子，秋种稻谷，父亲专门辟出一块来种荸荠。村子里的婆姨们看不惯父亲对她的宠溺，大肆嘲笑他：“老韩，你准备养个姑娘种？”她知道村子里重男轻女的习俗，气得大哭。父亲一听，只是哈哈一笑，仍是每年为她种荸荠。

岁月荏苒，她已为人妇，也有了自己的小女儿。父亲老了，他满头黑发渐成霜染的模样，但她还是父亲心头上的宝，不仅原来的地一直种着荸荠，又开垦了一些新地来种。父亲说她的小女儿跟她一样，也爱吃荸荠。每年春天荸荠上市的时候，老人弯下腰，蹲在地里像捡金子般仔细地把荸荠一个一个从土里刨出来，再挑选大个儿的洗净、装袋，背在肩上，倒几班车辗转送到她的家里。

去年冬天，父亲去世了。她的心撕开了一个大伤口，再吃到荸荠，她多了悲伤和心痛。父亲亲手种出的荸荠的味道，是她心里伤口上开出的美丽的花，不可复制。

许多时候我们循着味道，想回到记忆中的时刻，再遇到那些美好的人和事。然而，时光是一条不逆流的河，那么对于人生这一路上所遭遇的所有美好味道，都好好珍惜吧！

# 母亲的菜园

冬像铁石心肠的武士，毫不留情地挥舞着冷剑霜刀劈斩来，花花朵朵们都凋落成泥，即便最不怕寒的菊也顶着一张失血的脸，瑟缩着。柳虽拼命擎着最后一丝绿，但那绿也老得不能看。植物们都被冬降服了吧？眼睛再瞧向人家菜园时，陡然一亮，绿汪汪的一片，青菜的绿，这么新鲜活泼、生机勃勃。

怎能忘记这冬日的菜园？幼时家贫，到冬，梨、桃、山芋、大豆什么都没有了，但有一个菜园就不妨事。母亲从春天的时候就精心侍弄这块菜地，十平方米左右，预料着冬日暖阳能漫染它，用芦苇秆做成栅栏，围成菜园。鸡鸭鹅都不能入侵，菜们可以安居。

冬日，北风呼、寒冷袭、袋中涩都不怕，街市便在菜园里。

吃什么？去菜园里拎两棵青菜。自制豆瓣酱烧青菜，配上红红的辣椒，能呼啦呼啦吃下两大碗米饭。第二日又吃什么？再去菜园里拎几棵小青菜。把菜帮子切成细丝，用猪油爆炒，菜叶放清水里煮汤，倒也是有汤有菜。等我们馋得不行，母亲把熬了猪油的油渣倒进锅里，再搁上青菜，那喷香的味道真是诱人。小青菜多么好，母亲爱种，它们在母亲的菜园里盘踞了有七平方米那么大的地。母亲称它们“娃娃菜”。它们真像娇俏的女娃，洁白如玉的茎亭亭玉立，如碧青翠的叶生动饱满。它们还是好脾性，独自是美味，跟别的菜更是合得来。逢亲戚友人来，母亲待客热情，定要买肉。买来猪肉和娃娃菜红烧，或者称上一些牛肉和娃娃菜酱煮，扔进几个尖头小红椒，油光水滑、麻辣鲜香的一顿，客人们往往也大赞。

母亲的菜园里还有菠菜。菠菜通体碧绿，植在地下的根是红色的，经火炒、煮都不变色。根里透着甜，叶爽滑可口。母亲做的素炒菠菜、鸡蛋炒菠菜都是我爱吃的菜。母亲去菜园里挖菠菜的时候，一定不再采青菜。母亲说吃了菠菜的嘴再吃青菜会很苦，谁硬是期盼左盘菠菜、右碟小青菜，那他只能品尝出一嘴的苦涩。菜们原来这样通透，告诉人们取舍无处不在。

还有一角种的是葱、蒜、芫荽，这一簇，那一簇，挤满了角落。它们尽力地绿着。你以为它们再怎么努力，也只是菜园子这个舞台上的配角，可以填补一下园角的寂寞，偶尔放进汤里和菜里丰富一下人们的味蕾吧？它们的一生就这样一锤定音了吧？忽一日，父亲的酒友来，母亲大把大把拔了它们，洗净，噼里啪啦在砧板上切成段，装盘加白糖，捧出来一盘糖拌芫荽，再砸上一盘蒜泥，父亲他们喝酒时必撇了其他菜，只爱吃这些了。

菜园的故事写不完。母亲虽不识字，但她只管用一双手辛勤种植了一方小小的菜园，而这小小的菜园让窘困寒冷的日子变得活色生香。而我们谁又不能像母亲那样靠着勤劳，给自己种植一块“菜园”，用来抵挡人生中的“冬天”呢？

# 做“荷”的心

屋后面的芋头叶长到两根筷子那么高的时候，小女儿拉着我的手去看：“妈妈，你看这荷叶多美！”我笑了，小孩子竟把普通的芋头叶当成了荷。可是，不得不惊叹孩子的眼发现的美。微风袭来，这些青翠欲滴、亭亭袅娜的芋叶随风起舞，真如荷叶般美得风姿卓绝。平静的心风起云涌了，如果命运只安排我们是一片普通的芋头叶，但我们有了做“荷”的心，那又会怎么样呢？

我工作的学校有两名守门的保安，平日里我们上下班进出，匆忙得不花两眼看他们，只知道他们一胖一瘦，眉眼嘴鼻一概在印象里模糊着。一个傍晚，学生们放学了，唯我们还在会议室里开着没完没了的会。一阵悠扬的笛声传了过来，是多年前风靡大街小巷的《牧羊曲》，顿时沉闷的会场像被注入新鲜的空气。我们个个神清气爽，侧耳倾听，曲声似从保安室里传出。等会议结束，一干人出校门时都朝保安室里看，这才发现，竟是那瘦瘦的保安吹出来的优美曲子。我们纷纷给他叫好。自此，大伙儿都不当他是守门的“石狮子”，看见他总要赞赞他的好曲艺。学校的元旦晚会上，他被当作嘉宾邀请到舞台上露了一手，孩子们都惊叹地瞪大了眼。

在网络上认识一位姐姐，本来她只是一家粮油店的老板娘，过着世俗的日子，为了挣钱而跟人唾沫横飞地讨价还价。二〇〇九年，她接触到网络，忆起自己的作家梦，她开始写作，短短三年，在全国知名报纸杂志上发表几百篇文章。所有从前认识她的人都觉得不可思议。她所在的小城报纸采访她的时候，给她用的标题是“一个传奇”。姐姐的故事让我再次感叹，即便是一片普通的芋头叶，只要有了做“荷”的心，那一定会如荷般缤纷自己的心，美丽世人的眼。

最后一个故事就是众所周知的北京环卫女工张秀芳的故事。她因为一把扫帚舞得出神入化上了中央电视台的《星光大道》栏目，被称为“扫帚姐”。网上有人质疑刚做了环卫工人没几个月的张秀芳，怎么会把扫帚舞得这样震撼人心。

张秀芳自称，她从小就好动。19 岁高中毕业后，就来到北京闯荡打工。闲暇时就和老人们学习打太极拳、木兰扇、抖空竹，后来迷上了杂技“开路叉”，每天都要找块空地练上几圈才舒坦。后来，老公因单位不景气而下岗了，一家人开始靠卖空竹为生。张秀芳一边销售空竹，一边练习“开路叉”。而让人们惊叹的“扫帚舞”的动作，就是从“开路叉”

演变而来的。

我一点儿也不怀疑张秀芳故事的真实性，因为我们身边总有这样一些人，即便生活在低处，如芋头叶般普通，只要他们有一颗做“荷”的心，他们的人生总会让我们惊艳或震撼。

# 小镇的河流

乘小镇上的班车去城里，从班车窗户往外看，看到一个一闪而过的村名——马叉河。马叉河是小镇上一个村庄的名字，也是一条河流的名字。我以为从前的人们喜欢河流，所以喜欢用河流的名字做地名，就好像如今某个企业家爱用爱子的名字做企业名字。小镇的先人们有丰富美好的想象力和朴素的谦虚，像马叉河这样一条在我眼里算得宽阔的河流，他们只取名“马叉河”，一匹马能跨过去的河。

童年的时候，我去过很多次马叉河。秋收后去马叉河，总是天不亮父母亲就叫起我，我们从家门前的小河出发。父亲撑篙，河流渐行渐阔，等到河面开阔而热闹，看到数只水泥船挤在河段里，马叉河的粮库就到了。我抬头四看，河岸用石头砌着，石傍岸，嵌缝勾连陡直峭立。岸上砌着高大的房子，那些房子比我们居住的民房要雄伟阔大得多，那便是储存麦子、稻子等五谷的粮库。水里船多，岸上人多，马叉河上热闹非凡，也给人们希望。好一番买卖后，我们在星光下离开马叉河粮库。父母亲轻松下来，父亲篙撑得飞快，母亲就在一旁盘算，我们的学费有了，还剩一点儿钱可以抓几只鸡仔、猪仔，养肥了好过年，那么年也是富足的。

如果说马叉河带给人们希望，那么我家门前的那条小河就是烟火家常的。这条河自然也是有名字的——蚬河。从名字可见得这条河里多鱼、虾、河蚌、蚬子。果然如此，只是在河里淘米洗菜的当口儿，母亲也能用米箩兜起几条小黑鱼或者参子鱼。她把鱼刮了鳞，放入葱花、酱油、姜后在饭锅里蒸，我们放学回来，快活地就着这鲜味多吃了一碗饭。在可以下水的天气，我们孩童在码头旁的水里稍稍俯下身子，就能捡到大半菜篮的田螺、河蚌等。有了这些吃食，日子虽然贫困，但也不觉难熬。

离我家不远还有一条河，有名蔷薇。蔷薇河河水碧澈，河身细长如带，每年的春夏之际，河两岸的野蔷薇开了，远远望去洁白如雪覆盖，美丽极了。河上常常有新娘船来往，船上贴着大红喜字，岸上的人扔下手中的活计，面含微笑地目送新娘船渐行渐远，心上也浮起淡淡的喜悦，平淡的生活添了水纹一般的诗意和希望的感觉。

不得不说小镇在外略有声名的景观——九龙口。依然是河流，蚬河、林上河、钱沟河、安丰河、新舍河、溪河、莫河、涧河、城河九条自然河道汇集在一起形成了九龙口的大滩荡。连接这九条河的是大片大片的芦苇，形成芦苇荡。春夏时节，满眼望去郁郁葱葱，芳草碧连天。在这里还可以欣赏到“泾渭分明”“长河落日圆”的古之景观。当聪明的小镇人把九龙口变成对外开放的旅游景点后，人们就开始过上了富足的日子。然而他们又是自律的，没有对大自然恩赐的美景进行过多的人工开发，努力保持河流滩荡最初的样貌。

对这些如乳汁般供养了小镇的河流，人们始终怀着一份拳拳爱护之心，这也算得小镇人的一种智慧和远见吧！

# 消失在时光里的渡口

一日，我的学生来问“春潮带雨晚来急，野渡无人舟自横”中“野渡”是什么意思。我蓦然一惊，我们生活在河流星罗棋布的水乡，孩子们竟然不知道“野渡”这两个字代表的是什么，更不可能联想到这两个字带来的诗意和美丽。

野渡，通俗、简单点儿讲就是河渡口。我的童年与渡口密不可分。每逢节假日，妈妈会打发我们去外婆家小住。外婆家在一个四面临水的小村庄，离我家有七八千米远的路，那里不通车，也没有船去。我有一辆“凤凰牌”弯杠的湖水蓝色的自行车，我就骑着它去外婆家。

临出发前，妈妈一定是嘱咐又嘱咐：一路上不能只顾着看风景贪玩耍，天黑之前一定要过渡口，过了渡口就人烟稠密了。那渡口，母亲取名“三里半”，顾名思义，过了渡口，离外婆家还有三里半的路，就很近了。

我记着妈妈的话，一上路就狠狠地骑车，目标是渡口。远远地，河流特有的清凉气息扑面而来，我下车，靠在自行车上，长长地舒了一口气，继而扯起嗓子呼喊：“过河啦！过河啦！”一只小小的木船从远处飘了出来。开始，木船像一片小小的叶子漂在水面上，等越来越近，终于看清一位老人摇着橹过来了。有时候，恰巧赶上前人刚刚上船，就十万火急地在后面追喊：“等我！等等我！”船上的人都乐哈哈地开着玩笑：“船票钱全由你来买了。”

上船后，从口袋里掏出五角的毛票放在老人船头的小盒子里。老人会主动招惹我这个小孩子说话：“你外公是个老酒鬼，他前阵子还和我一起喝酒呢！”我也伶牙俐齿地反驳他：“我外公才不是酒鬼哪！”他一看到我小辣椒样呛人的模样，就哈哈地笑了，笑声像河里的涟漪一圈一圈在空中荡漾。那时，年幼的我不知道老人那么喜欢逗我，是因为守渡是寂寞的活呀！

我渐渐长大，性格也渐渐内向，腼腆起来不肯与老人说笑逗笑，过渡口时只是一心看景。水乡的河满河碧翠，近处是浮萍和菱角，远处是高出水面的亭亭玉立的荷。老人仿佛知道我的心思似的，把小船慢慢地摇，悠悠荡荡地飘在水面上，像婴儿在摇篮里。只要不是寒冬，我一定把手伸进河里，河水绸缎般滑过我手，赶路的累都消失殆尽。

后来，老人去世了，这条河就没有了摆渡人。河上砌了一座石桥。每每经过石桥的时候，我都会想起从前的渡口，心上生起怀念之情。我知道，这渡口和我的童年一样都消失在时光里，再也无处寻觅。

# 饺子里的丰润时光

张爱玲在《谈吃与画饼充饥》一文里说到苏俄吃食，特别提及包子。我一看心上讶然，看来世界各处一样，面食广受欢迎。中国北方大众的食品绝对有包子，与包子最是一脉相承的当属饺子。这两种面食，在我们南方一样大行其道。

幼时家贫，蒸包子耗面粉、馅料、人工颇多，只在临近农历年，家里才忙着蒸一回包子，留着过年做点心。包子好比大户人家的小姐，每年只能在庙会上见着一次。饺子则常常有，二月二、六月六，甚至下雨天，母亲都给一家人包饺子。饺子像小户人家的闺女，街市、桥头、溪边随时可见其影踪，所以那时的我并不稀罕饺子，甚至挑剔对待。每逢母亲包饺子就大闹，要吃白米饭。脾气暴烈的母亲气急败坏地训下来：“你不爱吃就别吃，我们喜欢吃。特别是你爷爷，能吃两大碗呢！”

下雨天，父亲不出工，母亲不下地，他们就合计着包饺子。祖父乐呵呵地去肉摊上买回两斤肥瘦相间的猪肉，父亲拿盆和面，母亲去菜地上拔菜。菜选应时的，春天的荠菜、夏天的韭菜、秋天的菠菜、冬天的大白菜，这些菜都能做饺子馅。祖父买回来猪肉，母亲亦把菜都收拾干净备用。她先把猪肉洗净，剁成碎丁儿，又把菜切成细丝状，下到被柴火烧得灼热的大铁锅里，加足量的猪油、菜籽油爆炒，喷香扑鼻。祖父和父亲就在一旁有说有笑地擀面皮，他们用啤酒瓶在一个大竹匾里压出圆月样的面皮。我虽然讨厌吃饺子，但觉得这种情景实在不坏，一家人和气相守，空气里有淡淡的喜悦在流淌。我和小弟往往要被这温馨的气氛逗弄得耍疯耍闹，我们捏面人，也弄点儿干面粉互相追逐着往对方脸上抹去。母亲虽然呵斥我们，但我们听出来那训斥里是有一丝笑意的，也就不害怕。

在师范学校念书时的一次集体包饺子的活动，这么多年来我一直清晰地记着。生活委员买来芹菜和猪肉。女同学一起择芹菜、切肉，男同学和面、擀面皮。整个场面盛大得好像开一场晚会，欢声笑语，热热闹闹。饺子熟了，大家一起开吃，一个个饱满的饺子从筷子间滴溜溜欢快地滑进喉咙里。别班一口一咽吃米饭的同学都侧目相看，那眼神里的羡慕藏都藏不住。我以前讨厌芹菜的那股药味，以为芹菜馅的饺子，我会咽不下，谁料我也大快朵颐，觉得我们包的饺子滋味美味极了。原来，吃与心情有关，心情有多好，滋味就有多美味。

多年后，我看到铁凝写的一篇随笔《我在奥斯陆包饺子》，文中说："饺子这种中国北方的大众食品，一直令外国人不可思议，不必说各种馅儿的调制，单是擀饺子皮的过程就令他们感到美妙。而中国人感到美妙的，则是包饺子本身所体现出的家庭亲情，一种琐碎、舒缓的温暖。"

我心上一直暗暗盘旋着祖父临终那会想吃饺子的事儿。几日不吃东西的祖父突然说想吃饺子。父亲急急忙忙地去买了几个蟹黄馅的小饺子，下沸水里煮好后，命母亲端到祖父床前去喂他。祖父只看了一眼，又摇摇头，说不想吃了。看着祖父对味道鲜美的蟹黄饺子只是看了一眼，却不肯吃一口，所有人都以为祖父是因为身体的疼痛才不吃的。时至今日我恍然明白，在人世时间无多的祖父也许不是为了嘴里的美味，他只是想起了从前一家人一起包饺子的丰润时光了吧！

# 生而为瓜，愿做南瓜

乡村的夏季，万物葳蕤，植物们纷纷“圈地”，农人的家前屋后可见各式瓜果。放眼望去，夏季的乡村又以瓜的种类最为齐全。种瓜多大概源于农人最初的忧患意识，贫穷年代瓜抵粮食，水果则是闲食，偶尔匀出一小块地植上一两株水果树，结稀疏的几个果，是为给小孩子解馋，也为去捉襟见肘的寒酸，显富裕之意。其实，主旋律一直由瓜来唱，南瓜、冬瓜、黄瓜、丝瓜……

从前，打从瓜们开花，我爱的就是丝瓜花和黄瓜花。丝瓜有趣极了，顺着杆子、院墙往高处攀爬，呼哧呼哧直爬到杆子的顶端或者院墙的最上面，然后在顶端开朵朵黄艳艳的喇叭状的花。有风轻轻吹拂，它们就得意扬扬地随风摇头摆尾。黄瓜虽然不像丝瓜那样爱往高处，可也需要搭架子，用竹竿或者芦柴搭好。黄瓜的藤全缠到架子上，黄瓜花们端端正正地坐在架子上开着，很有范儿，像正儿八经的闺秀。唯有南瓜在低处，就地生长，就地开花，没有什么要求。和南瓜一起长在地上的冬瓜就很有眼力见儿，以为在低处了，还开什么黄色的花？能计较得过高处的花？高处的它们总是最先入人们的眼，不妨自开一朵素淡的白花，人们也许因为与众不同而细瞧上一眼。

年岁渐长，我却喜欢南瓜了。丝瓜、黄瓜毕竟还要倚靠别物呀，丝瓜向人要一面院墙，黄瓜要芦苇秆搭成的架子。要是人不给，它们会怎么样？就没有那种健康成长的可能了吧，更别提在高处开娇艳惹人的花，结累累令人喜悦的果。

南瓜只是在地上，在低处。在高处的瓜们也许看不上它的没羞没臊：竟然什么要求也没有，就能长出比谁都硕大肥厚的叶子，开出比谁都庞大明艳的花朵。南瓜好似什么都不知道，四平八稳、踏踏实实地只管活自己的，像那些凡俗的人们，比如早起去菜市场就能看见的，兴致勃勃吆喝着卖蒜头生姜的中年妇女，大刀阔斧砍骨头卖猪肉的中年男子，还有抄起一条活蹦乱跳鲜鱼就噼里啪啦杀将起来的青年小伙儿……

南瓜结出一个又一个胖嘟嘟的、结实的果实，自然也不管人们喜欢丝瓜的香、黄瓜的脆，腻了它的多。南瓜的果实多，多得吃不完，只好收藏起来。日子过着过着，人们就知道南瓜的好了。南瓜一如丝瓜、黄瓜可以做菜煮汤，但南瓜吃法可以更多，做成甜津津的南瓜饭，煎成香嫩可口的南瓜饼，熬成绵软稠滑的南瓜羹……在南瓜都被人们稳妥储藏进仓库的时候，就该是秋了。丝瓜、黄瓜一起老去，连带着生养滋养它们的藤也一起老去，藤枯瓜尽，的的确确给人萧瑟感。南瓜的主藤也枯，但南瓜藤头还碧翠，在牵藤垦地的前夕，主妇们一定掐下南瓜藤头，熬粥或者加油爆炒，都是新鲜的美味。

秋冬相接那段萧瑟的日子，收藏了南瓜的农人餐桌上也不会难熬。丝瓜、黄瓜只是当季瓜，过了季节，普通人家就吃不到了。现如今生活富足，可以买到在温室大棚生长出来的非自然态的瓜果菜蔬又是另一说。

记忆中储藏着一个跟南瓜有关的故事。我有一位伯母患了胃癌，身体日渐委顿。向来勤劳俭朴的她，撑着一副瘦弱不堪的身体要去种瓜。我妈妈建议她只种南瓜，不需要搭架牵绳，不费精力。伯母听了我妈的话。那一年，伯母家的南瓜长得比村里所有人家的都好，南瓜多得年幼的我数都数不清，妈妈过两天就嘱咐我去把伯母的瓜数一数，向她汇报。我报的数字日益增多，伯母也就笑嘻嘻的。像枯藤一样委顿的伯母竟然熬过了那年的冬天，直到第二年开春，又该种下瓜种的时候才去世了。南瓜是多么懂人心的植物。

如果，生而为瓜，我愿做南瓜。

# 每一个日子孕沙成珠

那扇面南朝阳的窗户是用木镶框的。不记得何年何月，公公特别在窗高处的木框上钉下一根粗铁钉，铁钉上挂起一本两个手掌那么大的日历。日子一天天过去，窗框上那本日历渐渐地不再丰腴，变得干瘪又稀薄。这一年窗外缤纷的烟云雨雪和窗内世事人情流淌出的欢喜忧伤也像被关进记忆的笼子的小兽，只等一个偶然或者必然的时机，它们便倾笼而出。

季羡林说："当我们沿着一条大路走着的时候，遥望前路茫茫。……这时我们往往要回头看的。……最常引起我们回头看的，是当我们走到一个路上的界石的时候。说界石，实在没有什么石。只不过在我们心上有那么一点儿痕迹。痕迹自然很飘渺。所以不易说。但倘若不管易说不易说，说了出来的话，就是年。"在年尾，在年初，在新旧年交替的当口儿，年必然像一把钥匙，打开记忆之笼，放出那些往事。

菜花黄，菜花香，菜花都结了鼓鼓籽儿的五月的一日，邻家哥哥慌慌张张跑来我工作的地方，给我扔下一句："你妈妈摔傻了，你快回家看看去。"我一路疾走，推开院门，唤她："妈妈！"她目光呆滞，语气凶狠："谁是你妈妈？"我再叫，她不理我，自顾自地看着地上一堆菜籽秆傻傻笑着说："它们睡觉了，咦，它们睡觉了……"往日，她一见我，笑容就撑开脸，喜悦的声音大得要惊起一树麻雀："哎呀，我家丫头回来了！"然后，从东屋赶到西屋忙着找鸡蛋、面粉等吃食给我做好吃的……

不能再想下去，我把眼眶里的泪逼回去，赶紧打电话叫来老公。我们俩一左一右挟着思绪混沌却倔强的她去医院做脑部检查，幸好无大碍。她两个小时后清醒过来："丫头，我怎么在这里？赶紧回家，还得收割菜籽呢！"听她清清楚楚地说上这一句，我身上的千斤巨石顿时卸了去。感谢老天只是模拟了一回劫匪，没有真的夺去妈妈的神智，让我还是叫妈有人应、喊妈有人疼的孩子。

燥热的七月，老公的结石发作频繁起来。结石引起的疼痛，使原本如一轮满月般饱满、健壮的他消瘦得好似一弯憔悴的月牙儿。去医院做手术去掉他身体里的结石是刻不容缓的了。

七月清晨的医院，鸟儿早早地在树上闹起来，我们相对而坐。下午两点半他就要进手术室了。他问我："知道家里储蓄卡的密码吗？"我答："不知道。好像你以前说过，但我不记得了。"他给我说了两遍，又说："知道你会忘，家里所有的卡都用这个密码。”下午，他被推进手术室。我第一次独当一面，跑到医院交费窗口去刷卡交钱。听到窗台上的机器用毫无感情的声音说：“请您输入密码。”我心头一喜，幸好他早就料到了我的迷糊。

手术后，看着他躺在床上几天不能吃东西，不停地吐着嘴里生出的唾液，解一次小便像受一次刑……只觉得医院里的时间那么长，难熬极了。

我顶着烈烈的太阳，去医院附近的小吃店给照顾他的公婆买中午饭。没有用遮阳伞、太阳帽，脸上的汗呼呼冒出来，我的心里却不觉得热，反而特别冷静和清明。厌恶的天气、可恶的病痛，我就这样坦白无惧地对待着，它们总归都要走的吧。

十五天后，他出院了，我们回到往常平静的日子。我只是感觉到他待我比以前更加细心和怜惜，有了让我心上激起涟漪的细节。比如每晚他都倒好一杯热气腾腾的蜂蜜水，掀开杯子盖，放在我面前。等五六分钟，蜂蜜水稍稍凉后，他就提醒专注于电脑的我：“可以喝水了。”我把这温暖的细节称为“病痛的奖赏”。人们总是会在病过、痛过后，更懂得珍惜。

季羡林老先生还说：“在白天里，我们拼命填满了肚皮。在黑夜里，我们挺在床上咧开大嘴大呼。就这样，白天接着黑夜，黑夜接着白天；一明一暗地滚下去，像玉盘上的珍珠。”他说的“珍珠”是日子。回首往昔，无风无雨的每一个日子都如珍珠般美好，而那些艰难的日子，却是在孕沙成珠。

# 用一双双棉鞋探望故乡

往昔，每逢春节，我们家人口骤增，热闹非凡。我的三个姑母都会趁着春节回娘家拜年。二姑和小姑住得近，从临近村庄归来易。唯有大姑是从外省赶回来的，回家少不了舟车劳顿，风尘仆仆。家里内亲外戚们对归省的三个姑母的称呼不尽相同。两个年龄小些的，一个称二姑，另一个呼小姑。年龄最长的大姑，叫她蛮子大姑。虽然取的是家乡“排行叫”的称呼，但大姑前面的“蛮子”两个字，让年幼的我心中生些异样，那感觉像尝到一碗白米饭却是夹生的，像穿上一件新褂子却沾了一滴墨水，家里的大人们对大姑的那份亲近不纯粹。

大姑分明是嫡亲的大姑，她为什么成了乡音改的蛮子大姑？结如此的果总是有因。彼时，大姑长到十五岁了，已是伶伶俐俐的俏模样。恰逢荒年，家里的瓦坛见了底，一星儿米也没有，孩子又多，都嗷嗷张着嘴要吃的。爷爷奶奶一狠心，就打算把大姑嫁出去。他们在心里计议得稳妥，一来家里省了口粮，二来大姑嫁了那户富裕的人家也可贴补家里。在大姑年轻的心里虽然不满意这桩婚事，但她又没有与威严的爷爷抗争的勇气。某日，一支逃荒的队伍路过村庄，大姑悄悄隐在那群人中远走他乡。此后，因为大姑的出走，奶奶天天落泪，终于哭瞎了一双眼，并忧郁成疾，在五十多岁就早早离开了人世。

二十年后，大姑回到故乡，当年离家出走的小姑娘变成一个有了孩子的中年妇人，熟悉的乡音变成了一口叽里咕噜的蛮子语。大姑跟着逃荒队伍到外省后，嫁了当地一个普通的农民，生了一个男孩，过着平凡的普通人生活。她的回家显然不是衣锦还乡。原先融洽、坚固的亲情圈，把她这不是入侵者的入侵者排在外面，所以他们都称呼她蛮子大姑，有时也叫她大蛮子。

大姑自从回到故乡后，她对这故乡就心心念念了。她像一只蜘蛛，忙不迭地修补被人生的风雨吹断的亲情细丝。虽然故乡并不比她嫁人的地方更富裕，故乡与她有血缘关系的人们待她也并没有比她嫁的那个男人更好，但是她似乎中了蛊，每年春节必千里迢迢地倒了数班车，回到故乡，带着她做的一双双棉鞋。她能拿出来的就是那一双双棉鞋。她嫁的那个地方盛产棉花。她自己种棉花、摘棉花、纺棉花、织布，做成一双双棉鞋，从大号到小号，塞了满满两蛇皮口袋。

她下了车，进入村庄后就开始散发她的棉鞋，但凡与她沾亲带故的都送。等她到我家的时候，行囊已大空，只剩下几双棉鞋。我小心眼的母亲不喜欢大姑，她常常恼火地在我父亲跟前抱怨："她倒是家作懒、外作勤。棉鞋都送了人，人家又不请她吃一口茶、喝一口水，最后还住我这儿。"每每这时，父亲就呵呵地笑了笑。二姑性格温和，我不知道她在心里对大姑如何想的。心直口快的小姑，对大姑那份亲情里，除了爱亦有怨吧！小姑曾经在我母亲面前说："那棉鞋有什么了不起，街上十块二十块一双的也暖和得很。"小姑是怨大姑当年离家出走，让奶奶哭瞎双眼，又因为忧郁早早离开人世，让她失去了母亲。

不管故乡的人怎么对她，大姑依然一如既往地每年做两口袋的棉鞋回到故乡，直到她患了肝癌，再也不能回来。年幼的时候，我很为大姑不值，认为他们待她又不够好，她为什么要回来？故乡地处苏北，并不富裕，冬天时更是满目萧瑟，荒凉得不忍看。我念书的时候，去过一次大姑嫁的地方，虽然同样是农村，但相比苏北要富裕得多，那里的人们勤劳肯干，房子砌成洋房式样，大姑家自然也是如此。后来，年岁渐长的我渐渐明白，故乡原来是这样的，萧瑟、荒凉但是可亲、妥帖，像人有时不太满意自己那样，我们也许未必满意自己的故乡，但又像人总是无法抛弃自己那样，我们无法割舍故乡，因为我们对那片土地的爱深入骨髓。

# 当善良如影随形

暮晚时分，一直阴沉的天终于憋不住，哗啦啦地下起雨来。车还没有来，我撑开伞。伞下，这小小一方不潮湿的天空，足够让我气定神闲地等着车来。

她像惊慌失措的鸟儿跳跃着跑过来，站在我身边，抹了一把头上淋淋的雨水。我看了她一眼，把伞移到她头上，她一迭声地说："谢谢！"我客气地说："不谢！"此后，我们俩便不再说话。外面的雨愈发大了，我们身上也沾湿了一些，可是伞内温暖静谧的空气包裹着陌生的我们，我的心上涌动一种奇异的快乐的情感，不知她怎么想。

在小城里的一家家具店再次见到她，她是这家店的老板娘。她大叫着："是你呀！"我也惊呼："原来是你！"这一次我们熟络得像多年不见的好友。原先在其他店里看中了一套家具，可我嘴皮磨破了，那家店也不肯打折。她家有套一摸一样的家具，她一下子豪气地打了八折。我嘴笨腮拙地不知怎么说感谢的话，倒是她抢着说："一回生，二回熟，我们是朋友嘛，就该这样的！"

还有一次，也是去乘车。那是末班车，我刚坐下，就听有人在催促着："师傅，快开车，我们要赶回去吃晚饭呢！"车上的人归心似箭。车子没走几步远，就看见他站在公路边拼命地招手，花白的头，佝偻的身子，穿着一件瓦灰色的旧褂子，藏青色裤子卷到膝盖，脚上是军用黄球鞋，身后还有几个泥水淋淋的大塑料包，是个乡下老人。售票员打扮时髦，但一张瘦长脸冷冷的，她嫌弃地对老人说："你这什么东西，脏死了，泥水滴答，货要买两个人的票。"他一口应承："买，买，是些秧苗，我家的秧苗死了，特地寻到这儿买一些回去。"他一个人吃力地搬那些秧苗包，本该搭把力的售票员无动于衷地坐在那儿。我下了车，帮老人抬了上来。老人连连感谢我："姑娘真好心！"

我到家的时候，欣喜地看到了父亲。他之前在苏州打工，今天赶回家农忙来了。父亲高兴地说："这一路得一个小伙子让位置，一点儿罪都没受。"父亲不厌其烦地絮叨，小伙子多么好心，他怎样忍住腰酸腿痛坐在旁边加座的小矮凳上，却把好位置让给父亲。

我没给父亲说，我也帮助了一位老人。当善良与我们如影随形，我们会收获快乐、美好、友情，甚至陌生人的善良。

## 猪肉摊上的优雅

我和邻家主妇绕了一大圈的路，从小镇的南面跑到最北面的猪肉摊去买肉。我们肯舍近求远，是因为大伙儿的交相称赞，那家的猪肉是纯正的草猪肉，新鲜、味美。

我们去的时候，肉摊旁围满了人，要蹄膀的，要五花肉的，要纯精肉的，要大小排骨的……漫天吆喝着。老板娘声气柔和地一一答应着，手里也不闲着。她技术娴熟地切肉、装袋、收钱、找零。她把粗鲁的卖肉活干得像绣花似的，飞针走线，纯熟里透着娴静。这肉卖得真优雅，我脑海里突然就冒出“优雅”这词来。我不由得细细打量她，三十出头的年纪吧，白面团似的圆盘脸上有一双盈盈的秋水眼，洁净的围裙下是一副苗条的身段。真不像卖猪肉的，想来这生意的火爆还因为这老板娘的与众不同吧。

后来才知道，她原是一家淮剧团的当家花旦。她和丈夫干起卖肉的营生，也不过是近几年的事。二人相识于舞台。他是剧团的生，而她是旦，在舞台上演了别人花好月圆的故事千百回。台下，他们顺理成章地喜结连理，过了一段幸福安宁的日子。可是随着剧团的经营日渐惨淡，他们幸福安稳的婚姻小船，只得另辟停靠的码头。

她因为品貌端庄、气质优雅，有大把的公司愿招她做公关、前台的负责人。而他呢，因为年轻时候随剧团天南海北地跑，居无定所，内心里只有故乡才是一粒安心静魄的药丸。最后，为了爱，她义无反顾追随在他身后。这一来，他们回到人口稀少的故乡小镇干起卖猪肉的营生。

开始，毫无经验的他们是吃了一番苦头的。他们用积蓄下来的一点儿钱从县城食品站收购来猪肉，没想到那猪肉并不受小镇上人们的欢迎，他们狠陪了一些本钱。他们毕竟是识文断字的人，几下子一琢磨，明白了，小镇人的口味刁，不爱吃食品站从大型饲养场采购来的猪肉，说没有猪肉香，只爱吃草猪肉。

草猪肉，只有到各个乡村去寻。他每天一天亮，就骑了车，十里八村地去寻，还学了屠猪的手艺。他主外，买猪，宰肉；她主内，卖肉，算账。

他们的生意从清淡到红火，不过短短两年。谁会想到卖猪肉的她曾是舞台上水袖盈盈，婉转一声引来满场叫好，令人惊艳的青衣。但当俗世的烟火漫染人生，她骨子里的那份优雅却像穿过岁月的玉石，历久弥新，惊耀人眼。

## 一朵微笑

班上的女生晶晶过来给我送作业本。同事们一见她纷纷称赞，这个小姑娘好漂亮，身形纤细得恰到好处，眼睛似小鹿灵动，皮肤像瓷器一样光滑而洁白，整个人看上去像刚长出的清新树叶。教舞蹈的李老师眼睛晶亮地说："这是个学舞蹈的好苗子啊，让她来学舞蹈吧！"

我想着跟晶晶的父母转达一下舞蹈老师的意思。说实在的，在孩子成长过程中，老师和家长是站在一条战线上的，都真心希望孩子变得更优秀更出色。

放学时，我特别留意着晶晶的家长。那个年轻的女人扶着一辆自行车，在与我相隔很远的地方朝我微微笑着，她有着跟晶晶一样漂亮的容颜。晶晶一看到她，就飞快地跟我道了再见，跑向远处的她。她一边调转车头，一边含着微笑向我点头致意。看她的样子似乎并不打算跟我交流什么，我也只好把一肚子想跟她说的话咽回去，然后在心里纳闷：她为什么一点儿也没有像别的家长那样殷勤而有耐心地追问我自家孩子的情况？

后来，我又碰到她几次，她一如从前远远地朝我微笑着，那笑容清朗如秋夜的月，纯净、透彻。只是一笑后，她便形色匆匆地走出我的视线。后来终于知道为什么她只是给我一抹微笑，原来她说不出话的，她是个哑巴。那样灵动清秀的女子竟是个哑巴！我难以置信，开始询问熟悉她家情况的人。

她本来不哑，因为幼时贪玩，碰翻高处的开水瓶，开水从她嗓子直倒了下去，幼嫩的嗓子被烫坏。因为是女孩子，父母也没舍得花钱医治，就落下了病根。

晶晶的爸爸原是建筑工地上的瓦工，因为家穷才娶了她。开始的时候，他对她也柔情蜜意，这才有了晶晶。后来，他时来运转，成了小小的包工头，有了钱，就嫌弃晶晶的妈妈了。他在外又找了一个能说会道的女人，据说还生了一个儿子。他偶尔送一些钱给晶晶母女。晶晶的妈妈虽说不出话，也是知道这件事的，但没有见她胡闹过。她见谁都一脸的笑。她学会了缝纫手艺，在一家服装厂上班，一个月也有一千多块钱，够母女俩过简单的生活。

再见到晶晶妈时，看她脸上的微笑，我觉得如一朵野花般明媚。被命运放逐在角落的野花，没有人叫好、喝彩，但仍然要盛开，要灿烂。那一抹微笑，打动了我的心。

# 公交车上的“江湖”

等候的那辆汽车来了。我踏上车的入口台阶，一个背着硕大的黑包的男孩子紧随我的步伐进入车中。一位大叔旁边的临窗位置没有人，我欣然地坐在窗口旁。背黑包的男孩子一屁股坐在我右后方的位置，接着他把脖子伸长，头勾到前面，用普通话问我同座的大叔：“这是去 A 城的车吗？”大叔言之凿凿地回答他：“是的，看见车头玻璃上面的字了吗？”朱红色碗口那么大的字，他一定看到了。此刻，男孩子不相信他的眼睛，却偏偏问陌生大叔。他们一问一答之间是陌生人浅淡相逢，然而真心真意的相待，那信任感给我的感觉颇像中国古诗词里写的：“我看青山多妩媚，料得青山看我应如是。”

等车上坐满了人，驾驶员竟充当起售票员。这是一中年男子，头发根根直竖着，戴着墨镜，褂子只扣了下面的两个钮，露出褐色的胸膛。他这般模样，不由得让我想起电视上的黑帮老大。不料，他一开口却温文有礼："大爷、大妈，买一下票吧。"对年轻的乘客，他一律喊："宝宝，买票啦！"他走到我右后面的男孩子面前时，多说了几句："宝宝，把你的包放到自己的怀里，不要挂到走廊里。"男孩子立刻警觉地把大黑包搂在自己的怀中。没想到模样彪悍的司机师傅竟有这份细腻的心思，他是让男孩子防小偷呢！他这份善意的提醒，听到的人都暗叹——好人！我看着司机师傅遮了半边脸的墨镜，心想，他这良民装恶装得倒像。

真正的售票员是行了一小段路后上车的。她是一位中年妇女，瘦削的脸庞上没有笑容，面目冷得像车窗外的冬。有乘客在路边招手，车停，客上车来，是一位中年男人，憨厚的面容，上身着一件灰色旧夹克袄，下面穿着黑色的旧牛仔裤，裤子上面布满了水泥斑点，稍显杂乱的头发里也有星星点点的水泥粒。他逡巡了一遍，车上没有一个空位。他只好挨着身边一个看上去很结实的货物箱，准备坐下。他还没来得及坐下，售票女人尖锐地叫起来："这怎么能坐？这里面装的是鲜花。"他一吓，弹簧似的蹦到一边去。也许他真累了，驾驶员旁边是发动机的盖面，虽然有点儿烫，但他毫不顾忌地坐了下来。售票女人又尖叫起来："你身上这么脏，那儿也不能坐。"售票女人指挥一位老人给他挪了一点儿地，男人刚好可以放下半边的屁股。

车又行一段后，有寄运货物的人来接货。那么多的盒子，售票女人一个一个往下搬，递到接货人的手中。此时，刚才被她大呼小叫的中年男子站起来帮着她一起往下递。不知道这女人在接受他的热心帮助的时候，心里可有一丝愧疚。

有人说，有人的地方就有江湖。这一辆小小的公共汽车上分明有个大江湖。江湖上人心善恶，只需要腕上手表的指针转动一圈，一小时内就看得清楚、明白。

# 一诺到永远

每次邮递员大叔送来样刊和稿费时，我通常正在给学生们上课，抽不出身去签收，便请门房大爷代收。大爷又自以为好心地请路过门房的同事转交给我。同事再请同事转交。在这几转手中，这笔账糊涂了，我丢了不少东西。

一日，我计上心来，跟邮递员大叔订了口头契约："大叔，我的东西到了，就放在你家。你给我打电话，我自己去取，反正也顺路。"果然，邮递员大叔如约打来电话。每次，我都匆匆摁掉他的电话。一看到他的号码，我心里就有数了，真不愿意浪费他的电话费。但他会接着拨打，一直到我接听为止。看到较高数目的稿费，他显得比我还高兴，在电话那头兴冲冲地说："不少钱哪，赶紧来拿啊！"

一连十几天没有接到邮递员大叔的电话，我心生诧异，拿起电话给他拨过去，电话里他的声音有气无力："我住院好多天了。我告诉了我儿子，你的东西给你留着，你去我家里看看。"我心里咯噔了一下，升起一丝不祥的预感，看上去健壮的大叔怎么住院这么多天了？

没料到的是，这之后大叔就再也没有给我打过电话。大叔在小镇上虽然不是什么富贵显赫之人，但他从事的职业给人们带来许多热切的盼望和欢欣。小镇上的人大多认识他。不久，他的境况就传到我耳朵里，他刚五十岁就患上了尿毒症。他平日里送牛奶、送报纸，打了多份工，拼死拼活，立家守业。他患病了，家里人待他却不尽心，他的妻子，那个女人狠心不肯拿出钱来给他看病……

我心里为大叔凄惶，也对人们的流言有些难以置信。我去他家的时候，见过他的妻子，一个衣着朴素的中年妇人，见我总是宽厚地笑笑。她会心如蛇蝎？

再去大叔的家，都是他儿子，一个年轻的男孩子守在家里。我想问问大叔的身体状况，话到嘴边又咽下去，怕人家心里不痛快。龙应台说过："太疼的伤口，你不敢去碰触；太深的忧伤，你不敢去安慰。"

但是很幸运，我终于见到了大叔。那日放学，我悠悠地骑着车，一抬头，看到大叔和他的妻子。她骑着电动车带着他，他像个孩子伏在她身上。我急忙招呼他们，他俩都朝我微笑。我看见大叔脸色蜡黄蜡黄的，他拼命挤给我一脸笑容，但这笑容没有生气。

我再一次去大叔家时，看见满屋白色的挽联，他们浑身缟素。那个说看到我的名字就会给我打电话的人，不见了。

好多天我都没有去他家拿邮局给我寄来的东西，尽管我知道一定有我的东西。一天，我接到一个陌生电话："你是颜老师吧？"我疑惑："是的，请问你是？"她说："我是邮局钱 × × 家的，你有好多张稿费单没来取了，赶紧来拿！"

我又一次听到邮递员大叔的名字，又一次接到让我去取稿费单的电话，心里百般滋味。我见到头上插着一朵白花的大叔妻子，她面容瘦削、神情悲戚，然而郑重地对我说："我家的那人，先前对我说过，看到颜老师的汇款单就给她打电话，现在他不在了，我给你打……"

# 第六辑
# 尘世喜：人世有恒

“恒”若从篆字的构造看，“二”应当指的是河的两岸，以舟摆渡两岸之人：“心”是指有渡人之心。他真的这样渡过一个人。

# 那高个子女人

自从我决定走路上下班后，常常在这条路上碰见那个女人。她从路边上的房子里走出来，看来她就住在这里。我不知道她姓甚名谁。她的个儿长得比一般男人还要高，身材也略胖，我在心里称呼她“高个子女人”。

她的眼睛不大，看人觑觑的。我估计她有些近视，但也未必，也许只是习惯使然。她每一次看到我必定打招呼，声音白日晴天般朗朗的：“上班啦！”“下班啦！”我疑心她认错人了，当我是她的朋友或者亲戚，所以这么热情。

我和上一年级的女儿一起走的时候，她就更热闹地招呼小的，大嗓门亮开来：“你和你妈一起去上学？怎么不让她骑车载你？”女儿看看我，并不搭腔，这孩子在外人面前向来不喜多话。高个女人不管女儿的淡漠，脸上堆起笑容夸赞她："你是个能干的孩子呀，都是自己走路去上学！"面对她热情洋溢的夸赞，我回报以淡淡的微笑。我心里还是疑心：她认错人了吧？

直到那天，她坐在门前的小凳上，我从她面前走过去。听到她追在后面大喊："哎，哎，老师……"她是在叫我？我转头向她看，果然是在叫我。原来，她一直没有认错人，她竟然还知道我的职业。在我恍神思虑间，她问我："你家要蛋吗？"我立即回答她："我家不要鸡蛋。"我终于明白这数日来，她热情招呼我的背后目的。哪有一种热情无价格？原来她就是为了向我推销她家的鸡蛋。她朝我连连摆手，着急说道："不是问你要不要蛋，是问你要不要菜。你看，我门前这么多菜，吃不完，你带点儿回家去吃，没打农药……"为自己的误听，我心生了些愧疚。心理学家弗洛伊德有过这样的理论，世上没有笔误或偶尔说错一个字的状况，都是心里本来那样想。我这误听，大概也是因为一直以来对她怀着戒心吧。被惭愧和不喜平白受人之惠情感裹挟的我，看她真捧过一堆青菜时几乎要落荒而逃："不用，不用，我家种青菜的……"她看我坚决不受的模样，接着说："老师，那请你带信给你们学校的李大兵老师，让他来拿菜，他是我家的亲戚。"说到同事与她有亲戚关系，我心里坦然了些，顿觉得她可亲起来，我接她的话茬："李老师是你家什么亲戚？"她笑嘻嘻地答："我二舅婆的侄女婿。"我一听，蓦然惊诧，这九曲十八弯的亲戚她也放在心上！再看她热情满溢的脸，我点头说一定帮忙捎信。

到家，左邻右舍的人刚好在小区里说闲话，我把遭遇热情高个子女人的事儿讲述一番。邻人中有人似乎知道一些内情，他言之凿凿地说："那高个的女人呀，头脑不太正常的！"我本来被她感动得热焰腾腾的心，像被一盆凉水泼下来。我难以置信地问："她不正常？"他们中有人附和："嗯，不大正常。"

后来，我去上班的时候，在路上遇见她，她一如既往热情地跟我打招呼："上班呀？""下班啦！"想起邻人说她的话，我突然就费解起来，她能把那转了几个弯的亲戚关系算得那么顺溜，头脑自是清楚。再看她待我从没有过一句出格的言语，没有过一次不明原因的举动，说她不正常，难道是因为她待人太过热情吗？

# 在被需要的日子里

邻家主妇接了她七十三岁的老母亲来住。老母亲去年查出食道癌早期，经过一番放化疗的折腾，头发全掉光了，受了不少苦痛。她是母亲最小的女儿，孝顺的她愿意老母亲在她这儿手不动、脚不动，老佛爷似的享几天福。

可是老人不干。第一天，趁她上班的时候，老人翻出家里尘封多年的泥耙，把屋后一米见方的地犁了一遍。我从她旁边走过，她说要栽下些丝瓜秧，在儿女们吃腻鸡鱼肉蛋的时候，煮些丝瓜汤给他们喝，那汤滋味甭提多香了！

邻家主妇下班回来后，看到新翻的泥地，焦急地吼她："谁让你干了？你好好歇着，不能吗？"我听见了去劝："让老太太做些事吧，只要她能做得动。"

我知道邻家主妇为什么焦急。老太太老了，又病了，因为瘦，全身皮肤褶皱连连，多么像挂在墙上风干的老丝瓜，而她竟然还要种丝瓜？

可是，也许所有的老人都是这样的，他们不愿老，不想老，愿意自己是当初新藤上最鲜绿的丝瓜，处于青青翠翠的好年华，丈夫、孩子都需要她。他们都围着她，问她要衣穿，要饭吃……

通透的邻家主妇不再坚持让老人空闲下来。她甚至回忆起幼时老母亲的一道拿手好菜——炒米炖鸡蛋。她买来食材，请老母亲再做这童年的美味。老人乐呵呵地炖了一锅来，邻家主妇也给我们端来一些。我尝到嘴里，真是好滋味，鸡蛋润滑，炒米绵软中透着鸡蛋的香。我们大呼好吃，连连称赞老人的厨艺高超，菜肴创意独特。老人听后，满是皱纹的脸笑成一大朵盛开的波斯菊，还表示只要我们喜欢吃，她还能做出别的我们未吃过的佳肴。看着老人越活越有精神的样儿，邻家主妇欣慰地笑了。

我的外婆快八十岁了，一个人固执地守在乡下的老屋子里，居住在城市的我们只有趁着假日，领了孩子去看她。为了心安，我们总是买了大包小包的东西给她带去。末了，她却往孩子的口袋里塞钱。我们放回去的时候，她就生气了，真的生气了，把钱摔在地上，吵闹着说："难道你们嫌我老了，没有法子了？"她的明白让我的心微微地疼。

年轻时候的外婆是多么要强的一个人。我动了心思，外婆虽年龄大了，但耳不聋、眼不花，会做一手好针线活。我请外婆给小女儿做虎头棉鞋，顺便给一点儿钱让老人买材料，可是没料到老人一下子给小女儿做了五双棉鞋，从五岁到十岁的都做好了。看着从小到大的一摞鞋，我说不出话来。 我们以为家里的老人像落光叶的苍凉老树，需要我们盈足的爱，而老树却越老越拼命冠盖如云，想要给我们遮风挡雨。

也许在被我们需要的日子里，老人们心上的那条时光河流的步伐就停滞了。

# 这衣服不贵

午后，我坐在电脑前噼里啪啦地敲字，我的小说创作渐入佳境。他在楼下和一位邻居大喊我的名，我佯装不闻，他们继续叫，像盛夏的鸣蝉聒噪得人心烦，不答应不行了。

什么天大的事？

他们抱了一堆衣服，男式和女式 T 恤、衬衫、短裤应有尽有，还有两件长裙。他们看到我，极力让我试穿那两件长裙。

“哪来的？”我问。邻居小陈抢答：“淘宝网上的。”他也帮腔，指了指邻居说：“小陈上淘宝网淘来的啊！”

我说：“这衣服啊？这衣服啊？”我的心里很看不上这连衣裙的，式样老土，布料粗糙，闻上去还有股陈年仓库的味道。我扔下要走，他说：“我买了两件短裤，还有一件 T 恤。”

我讶异地看着他。这可真不像他。平时，陪他上街买衣服，一场马拉松走下来还没买定。这家颜色不好，那店式样不流行，或者斜纹不对称、红色红得不纯正……这个嫌冬天太阳刺眼、春风刮面皮的人，今天爽快得让人难以置信。他还唾沫横飞地劝我："这两件长裙，你买下来吧！"我一个劲儿地瞪着他。他犯傻了？

小陈说："我也买了。四十块钱一件，不贵。"我说："倒不是钱的问题，要能穿才行。"小陈和他有默契地笑："不能穿咱也买啊！"原来这衣服哪里从是什么淘宝网上买的，是我们小区刘大爷家的。刘大爷老夫妻俩无儿无女。按说，他们可以去住养老院，但两位老人偏偏要自食其力，平常靠刘大爷蹬三轮过活。

那天刘大爷载了一个客人，攀谈起来，说是厂里的业务员把几大包的衣服托人送到国外去卖，可值钱了。那人还殷勤地对刘大爷说："老人家，你人真好，要不卖一点儿给你？你回去赶集的时候卖，一定能赚上不少钱。"老实的刘大爷买了两大包。刘大爷逢集便摆摊去卖，可哪里有人买，这是多少年前的衣服了。老两口成天在家唉声叹气。买衣服的本钱，可是老两口牙缝里挤出来的呢！小陈听到了，拖他去商量。他们在小区里摆了摊。

除了他俩，我是刘大爷的第三位主顾。后来美丽的成老师为儿子买了件 T 恤，张会计买了两条短裤……

我的裙子被婆婆修改了下，穿在身上还很吸引眼球。刘大爷看到我娉娉婷婷地走过，就朝身后的老伴说："我就说，这裙子，颜老师穿起来一定很好看。”老伴附和道：“老头子，你什么时候说错过！”他们俩相视着笑了。看着相濡以沫的老两口脸上又挂上从前一样灿烂、舒心的笑容，我们小区的人都说：“这衣服不贵，真的不贵！”

# 明天也许是个晴天

白日里零星地下了一点儿雨，晚上天上一颗星也没有。夜黑得浓，像一块密实的黑布裹住了小镇。小镇的医院亮着几盏日光灯，灯光跌进黑夜里，若水珠滴落在黑布上，看不出原来的生机。医院里只住着不多的几个病人，他们稀稀疏疏地就着这昏昏的灯光，悄无声息地躺在病床上，或睡或醒。他们得的都是些不要紧的病症，要不然也不能待在这小镇的医院里。

值班室里的护士正埋头填写着表格。走廊上突然传来一声刺耳的尖叫，把这宁静的夜晚划破。护士竖起耳朵细听，有人在吵架，声音浪头似的，一声高过一声。两个陪房的家属轻轻开门出来。果然，两个男子在吵架。一个矮瘦，一个高胖。矮瘦男子不服气地叫喊：“你想打我？”高胖男子本来已经准备离开，被矮瘦男子一叫，火上浇油似的折回身来，他对着矮瘦男子叫嚣："你以为我不敢打你？你一点儿责任心都没有，就知道喝酒，你按时按点给老娘送点儿吃的，不成吗？"矮瘦男子只是抓这一句："你想打我？"高胖男子激动起来："我就打你！""咚！"一拳擂上来。这一拳不仅打在矮瘦男子的身上，还打在一旁围聚人的心上，心都突突一颤，没指望真打起来。人们赶紧纷纷上前拦住："有话好好说！"

护士从值班室里奔出来，人群主动让开，让胖胖的中年妇女模样的护士走上前去。她一手拉着高胖男子，一手护着矮瘦男子，柔和劝慰："有话好好说。你们是什么关系？"高胖男子气哼哼地数落："他给老娘送个饭的心也没有！"高胖男子说完，一甩衣服，像只骄傲的公鸡，走了。矮瘦男子身子抖瑟得似冬天风中的芦苇，满含委屈地诉说："我们是弟兄，我是他大哥。你们看，他就这样对我？"

旁人心里理出个头绪来了，原来是弟兄俩。老大孤身一人，好酒。老二有家有业，但性格暴戾。老娘生病，老二觉得他出钱，老大就应该出力，一分都不能多付出。看来这弟兄俩都不是顶天立地的男子汉。

他们的娘知道了这弟兄俩的闹剧，她不能走路，坐在病房门口，一动也不动，暗自垂泪。老大跑去她那儿："妈，他打我！"她说："你就不能不喝酒吗？算了吧！"他还是纠缠着对娘说："老二就是欺负我一个人……"他娘终于被他逼不过："明天我就回去，再也不待在医院了，让你们闹……"

护士赶来，说老大："你陪陪你妈，不要再说这些没用的话了。”接下来又劝慰老人，“不给你看好病，我们也不让你走呀！”老人看到护士，安静下来，她抓着护士的手，感激地说：“得亏你们，要不是你们这些天嘘寒问暖、送茶送药的，我这日子可怎么过？”老人的眼泪又掉落下来。护士赶紧从口袋里掏出一张面巾纸给老人拭去眼泪，嘴里宽慰她：“应该的。你好好配合治疗。病要治不好，你不更难？”老人点点头，静下来。

护士搀扶着老人，把她送到病床上，轻轻地给她盖好被子。老人灭了灯。

窗外的夜色不再浓黑，月亮将要升起，明天也许是个晴天。

# 有邻

他是我的左邻。从头说起，左邻夏大爷和夏大妈老两口年轻的时候不能生育，领养了他和小青。他是哥哥，小青是妹子。一个女儿，一个小子，凑起来就是一个“好”字。

天有时不太遂人的愿。婴儿时的他白白胖胖，夏大妈老两口满心以为他会长成天庭饱满、地阁方圆的富贵样子。然而长着长着他变了体态，一副瘦不拉几的鸡架子身材，螳螂似的手臂上青筋暴露，一只眼睛也长坏了。送他去读书，夏大爷兴致勃勃地问放学的小儿郎：“老师上课讲了什么？”他说不出个所以然来。等到期末考试，卷子上空空的，白水荡似的。老师气愤地说：“带家长来学校！”夏大爷回来了，把他一顿暴风疾雨地揍。再考，鲜红的六分灯笼似的高挂在试卷上，夏大爷两口子也懈怠了一颗指望他出息的心。好容易熬到小学毕业，他像从牢房里被释放似的，再也不肯去读书。

夏大爷家干的是水上跑运输的营生。等到十八九岁，他跟在大爷后面站站船头、起起锚、担担跳板。日子如水，不停地往前，他到了找媳妇的年纪。他相了能装满一船的姑娘，人家都不待见他。月老没有疏忽自己的职责，到底送了一个姑娘来。那姑娘红高粱似的结实粗壮，眉浓眼大的，只是脑筋不够伶俐。他们俩常吵架，夏大妈倒不偏袒他，我们常听大妈呵斥他的高声："你就不能让着她点？"他进进出出也从不因为吵架甩冷脸，因此我们四邻觉得他们家虽然吵吵闹闹，但也有一种人丁兴旺的圆满。

突然一日，夏大爷、夏大妈老两口泪水涟涟从门前过。原来，他被带到派出所去了。他吃了文盲的亏，不知道公路上的电线是国家财产，偷盗电线是触犯法律的。他只是想剪两段电线从废品回收站换回两瓶酒钱，被派出所的干警当场抓住。一审问，他以往竟然有数次这样的行为，于是被判了刑。他被送到离家很远的农场去服刑。他的媳妇被娘家来人带走她，留下签了字的离婚协议。

一天，噼里啪啦的爆竹声震天响，是他从高墙里回来了。

夏大爷患了胃病，小水泥船卖了，不再做水上生意了，他回来就在家里将息着。夏大爷到处托人求人，终于有一家服装厂愿意招他做门卫。一个月后，厂里听说他坐过牢，不肯要他。

夏大爷老两口买了一辆三轮车让他去载客送货。这一次，他老老实实地干上了，每个月也能挣得两千块钱交到夏大妈的手里。又过几个月，他兴高采烈地在车上装上音乐。每天黄昏时分，老远就听到三轮电动车哐当当的声音夹着凤凰传奇的《荷塘月色》：“我像一条鱼儿，等你在水中央……”我们知道他回来了。他一路摇着铃铛，粗声大嗓地跟四邻打招呼。回家稍稍收拾，他就端了只蓝花粗瓷大海碗出来，那高过鼻头的一碗饭菜总让人嬉笑他是饿鬼投胎。他一点儿不在意，只管乐呵呵地对四邻讲他一天的奇闻乐事。

右邻总结：“这一圈子人，每天过得最喜乐的是夏大国。”我看着他进屋的背影，想起胡兰成在《今生今世》写：“下王人家做亲，嫁妆路上抬过，沿村的女子都出来看，虽是他人有庆，这世上亦就不是贫薄的了。”邻人他能过得这么快乐，我们不仅不好意思计较自己的辛多劳苦，还在心头另生了一番感慨。日子，只看你怀揣一颗怎样的心来过。若是不嫌不弃不争，简单无求，尘世什么样的日子都如天晴月圆般明亮和美好。

# 浴室里的母女们

来浴室里洗澡的，很多是母女档。刚进门的这一对，妈妈还是一副少女模样，打扮得青春靓丽，束着高高的马尾，火红短袄配黑色迷你呢子短裙。她定是个新手妈妈。她抱起娃娃来一点儿不含糊，她把娃娃整个地兜搂在怀里，脚下小心翼翼地迈着步子，那样儿比捧着传世珍瓷谨慎多了。她不急着脱衣洗澡，光瞧着怀里的娃娃乐，一会儿给娃娃做鬼脸，一会儿唱歌给娃娃听。等到洗澡的时候，娃娃大哭，她嘴里蹦出一大堆好词来："宝贝不哭，不哭……真乖，真听话！我家宝贝比花仙子还漂亮……"

正穿衣的这一对母女，妈妈蜡黄的脸色，烟灰色的旧外套，像被人家遗弃在庭院角落里的老树桩。她若不开口，几乎使人忘记了她的存在。招人眼的是她旁边的女儿，正是青春的年龄，如小鹿般轻巧灵活的样子。女儿动作很快，一会儿就穿好了衣服。她站在一旁对着浴室里的镜子整理潮湿的头发，正在穿衣的妈妈也映在镜子里，她转过头大惊小怪地说："妈，你这内衣都松垮成这样了，赶紧扔掉！"妈妈没吱声，用一只手把自己的内衣扯正。我这时才发现，妈妈的另一只手打着石膏。

女儿用妈妈一只手递过来的干毛巾擦自己的头发，嘴里却像放鞭炮似的噼里啪啦地说："妈，你的发型可真土。跟你说过多少次，不要贪便宜找手艺差的理发匠，把自己的头发剪得跟鸟窝似的，一点儿品位也没有。"妈妈仍是没说话，她用一只手套上线衫。她费力地用一只手把自己的线衫往下拽，好使自己舒服点儿。女儿在一旁咋呼呼地叫着："要不要我帮你？"手却没动，她正忙着把自己的头发打成卷。妈妈却是立马应了来："用不着，用不着，你弄你的头发吧！"

我站在水龙头下正冲着水，进来一位高大的女人，她一脸歉意地请求我："姑娘，把你这靠门口的水龙头让给我妈妈吧！她瘫了呀，不能走路！"我一听，赶紧让开，站到里面的水龙头下。我回头一看，这个高大的女人已经利索地把桶摆好，在桶边放好洗发露和香皂。高大女人摆好东西后，旋风一样冲出去。她再进来的时候，怀里抱着她妈妈，妈妈像孩子一样攀住她的脖子。她把妈妈抱到澡桶里，给妈妈先洗头，再洗身子，仔仔细细地洗。小时候妈妈也许就是这样给她洗澡的吧！

# 兄弟修鞋摊

我常光顾的那家修鞋摊，在小镇上已存在许多个年头了。鞋摊上那只用来盛放修鞋器具的大铁皮箱不复当初的锃亮，铁箱正面用朱红色油漆写成的“鞋”字也被时光涂抹得面目全非。修鞋摊亦两易其主，从哥哥换成了弟弟。

修鞋摊面东而向，背倚小镇最繁华的超市。当初超市的主人怎么会把门口的“脸面”地盘让修鞋人占据？也许出于经营策略的需要，人们把坏了的鞋子送去修鞋摊，在等鞋修好的时间里刚好可以逛一圈超市。更可能只是源于“人之初，性本善”的那份善良，修鞋摊最早的摊主是个只有一条腿，需要拄着双拐行走的年轻小伙子。

小伙子的青春多么令人羡慕，他的残缺就多么令人心生怜意。还好，他有着让人赞叹的修鞋技艺，收费又极其公道，不久他就聚集了一大批固定的客源。他凭着自己的双手过上自给自足的日子。他脸上时常露出幸福的笑容。谁也没有料到，那是命运女神对他偶然的灿烂一笑，那笑稍纵即逝，命运再次露出狰狞的面容——小伙子患上了癌症，医生给出诊断，他时日不多了。

他的弟弟听到父母亲泣不成声告知的消息，连忙从自己打工的城市回到哥哥身边。弟弟一边照顾哥哥，一边接手了哥哥的修鞋摊。在人们心目中，修鞋并不是个体面的行当。有一米七八的个头、健康壮实的弟弟接手修鞋摊怕也是费了一番思量。他有着哥哥一样的憨厚笑容，但他显得更聪明伶俐，不久，他的修鞋技艺就像哥哥一样精湛。

哥哥去世了。看着父母亲沟壑纵横、苍老失去活力的脸，弟弟把要去远方打工的话悄悄藏在了心里。他认认真真地守着这一个小小的修鞋摊。他坐在铁皮箱后面的小木凳上，把一双双破了的鞋像宝贝一样捧在手里，他在鞋子上锉、磨、粘、钉……使一双双鞋子变得完好如初，让鞋子的主人们露出满意的笑容。有时他也小心地把老人们送来的旧衣服上坏了的拉链拆下，再换上银光闪闪或者金光闪闪的新拉链。那些老人看着新拉链，嘴里发出啧啧的赞叹声，弟弟就露出憨厚的笑容。每一笔生意的价钱也就一元、二元、三元，最多不会超过五元。

弟弟的善良和勤劳赢得一个工厂女工的青睐，他们有了一个幸福的小家，生了一个可爱的儿子。弟弟起早贪黑，在鞋摊上待得更久了。即便是雨天，我也能看到他在工作，撑起的遮阳伞虽然大，却并不能真正挡住什么。

每次去修鞋摊时，看着露出憨厚笑容的摊主，我总是要感慨，不管时光的手怎么用力涂抹，这尘世中平凡的人们，总是平静、认真又执着地生活，到后来命运女神也不得不投降，许他一个美满的将来。

又一次，我去修鞋，他和我闲谈。他告诉我，他买了一座“一上二”的小楼房，虽然还欠了一点儿债，但很高兴。儿子的成绩很不错，他也高兴。这日子总是高兴的。

# 亲情是最完美的“补丁”

人最像衣裳，时日一久，禁不住破损，不管医院是多么让人忐忑不安、心烦意乱的地方，却不得不一脚跨入，接受一番受刑般的修补，以期生命这件衣裳能继续为我们遮风挡雨。

我被安排进二一九病房。住院修补身体当然是件惨事。在医院又见到诸多同类，变得悲伤恐慌、喜忧参半且大无畏起来。我一入病房，先行入住的一位姑娘便睁着一双扑闪扑闪的大眼睛，爽朗地同我打招呼。看她像一尾鲜活的鱼，我的病顿时好了大半。

靠着摇高的升降枕坐着的她在打完招呼后，又细致热心地告诉我们，南面墙上的橱柜，她家用了第二格，我们可以把随身带的一应物品放入第一格。这位姑娘颇有点儿《红楼梦》里探春的伶俐劲。

自我傍晚入住二一九室到夜色阑珊，数小时内，健谈的北床姑娘已把她病情的始末讲述得像风干的叶片的经络那般清晰。

一次熬夜后，她的老毛病犯了，胃出血。一辆救护车呼啸着把她从百里外的小镇送进这家全市最好的医院的急救室。在急救室里她被抢救过来，风停尘定后，她住进这可探视的普通病房，一晃已过九日。最初的五六天，医生竟一口粥汤都不准她进嘴，只靠输液维持，只把她这个素日的“吃货”折腾得生不如死……她娓娓动听地讲述着，我听的同时又分出点儿心思在她床边另一女子的身上。那女子有着与北床姑娘相似的脸型，年岁看上去略长，只是面含微笑把猕猴桃用勺子挖成小小一块，在北床姑娘说话停顿的间隙里喂她嘴里去。想必是姐姐，照料得真周到。

第二天大清早，我拉开帘幕，瞥见北床姑娘也醒在床上，瞪着一双大眼睛，百无聊赖的样子。我顺口招呼她：“你姐姐出去了？”她笑起来：“那不是我姐姐，是我小婶。”

我惊讶起来：“啊，你小婶跟你长得真像姐妹，她看上去很年轻。”北床姑娘的笑容里露出一丝得意：“我小婶四十八岁啦！”我们谈话间，她小婶回来了，手里拎着保温瓶。小婶笑眯眯地把她扶在床头，给她梳了头，拿来牙刷，端来洗脸水……等她漱洗停当，她的小婶就把买来的薄粥一口一口喂她嘴里去。

医院里最多和最少的都是时光，在我和她这种不甚要紧的病况下，时光便多得用不完。我们都不去见医生的时候，就继续闲聊彼此的生活。她在小镇上开了一个商店，生意火爆，常常忙得顾不上吃饭，日积月累胃就这么被拖坏了。这已是被她第二次胃大出血了，两次都这么人仰马翻……她讲的时候，小婶坐在她边上，把她的手拖在自己怀里，用指甲剪轻轻地修剪她新长的指甲。

等她终于能出门活动，小婶就搀扶着她在医院的走廊里慢慢走动着，日渐增加锻炼量。我在婆婆那表达了自己对她俩的羡慕，婶子和侄女竟然相处得情同母女。

婆婆却道出一桩更让我惊讶的事来。这两天婆婆与北床姑娘的小婶常常结伴去公共漱洗间洗衣服，两人相谈甚欢，婆婆对小婶的境况熟悉起来。小婶的丈夫刚刚去世，还不足一个月，只生了一个女儿，在外地读大学。

那日，当北床姑娘从急救室出来，众亲友挤满病房。北床姑娘的爸妈一左一右陪伴着，她还是个未婚的姑娘，依然是爸妈手心里的宝、心头上的肉。床前站着大姨、小姨，左右两端是大姑、二姑，她的小婶也红着眼睛挤在人群里。

医生给意见，北床姑娘的情况已稳定，一干亲友都可以离开，只留一人照应她即可。照料她的人选，妈妈当仁不让。北床姑娘只是摇头，指了指人群中的人。顺着她手指的方向，大伙儿发现她指着的是小婶，小婶便最终留下。

北床姑娘心里早算准了，小婶回家后一个人孤苦伶仃，定会茶饭不思，看着她叔的相片流眼泪。她留下小婶，小婶除了喂她吃饭、帮她洗衣，周到地照料她，还会对她笑。果然，我们见到的小婶虽沉默，但时不时会被她伶俐的言辞逗得笑容满面。

小婶在细心地折叠一件自己穿的旧褂子。姑娘说："褂子旧了，都有洞了，扔掉算啦！"小婶柔声道："不能扔，你叔买的，料子好，小洞处补上两针，还是一件好衣服……"这世上的人也如衣裳，最初都是崭新的。随后在时光中破裂生洞，看得见的肉体伤痕和看不见的心灵破洞都需好好缝补，才能抵挡越走越寒凉的人生境况。同病房的北床姑娘是个修补心灵伤痕的高手，她把亲情拿来做成补丁，恰到好处地贴补在小婶生命之裳的裂痕上。

## 柳暗花明又一村

如果人世没有爱，我与这张老照片上的人应该八竿子打不到一块。这张有着“合家欢乐——九九年春节”几个烫金字的老照片上，是先生的姑父姑母一大家子。一九九九年，先生十七岁，他在照片外欢天喜地做客人、吃宴席。照片上前排端坐的两位老人是先生的姑父和姑母，孙子孙女们簇拥他们而坐。后排中间是姑父姑母的两个儿子和儿媳，两边是大侄子、侄媳和未娶亲的小侄。一九九九年的春节，正值先生的姑父六十大寿，阖家亲戚齐去拜寿。姑父姑母一家人特别去照相馆照了全家福，分发给众亲戚，所以我能在公婆的旧相册里看到这张全家福。

姑父原本是一个小镇上的农民，姑母嫁过去后，男耕女织，夫妻和睦，生了两男两女。家里人口众多，口粮却少，姑父穷则思变，去无锡学了模具铸造的技术。回来后，他在镇上的阀门厂做了工人。姑父挣得一份工资，姑母又辛勤地种些田亩，日子倒也过得去。不过，随着孩子们日渐长成，姑父肩上的担子加重，头一桩是建房子、娶儿媳妇，两个儿子需要建两座房。好在姑父遇事一万个不怕。他头脑聪明活络、为人豪爽，不久，他被厂长相中，去干业务员的差事。精明能干的姑父走南闯北谈拢了多笔生意，给厂子里带来了可观的效益。他的两个儿子也被安排进阀门厂做了工人，后来相继成了家。

如果没有遭逢变故，也许姑父一家会一直在这个小镇上生活，过着不富足但安定的日子。姑父四十二岁的弟弟患癌症突然去世。弟弟留下年轻又无挣钱能力的弟媳，还有两个年幼的孩子，大的刚刚二十岁，小的十几岁。眼看着大侄子就到找媳妇的年纪了，他们孤儿寡母的，哪个姑娘愿意嫁进这个家门？

长伯如父，姑父又承担起另一个家的责任。他做业务员的差事不能养活这么一大家子的人，也不能完成弟弟临终的遗愿——给两个儿子娶亲成家。姑父似乎有了新的打算，他往外跑得更勤快了。虽然是五十几岁的人了，但他似年轻人般挺直了身姿，走路办事虎虎生风。时值国家鼓励发展民营企业，他心中有了办厂的计划。他想把孩子们都放进自己的厂子干活，再招揽些工人，热热闹闹地办个厂子，挣钱，过好日子。

一番奔波，吃尽辛苦，在一个小城市，有人相中姑父的人品和才识，热情地给出土地和优惠政策，期待他在那里安家落户，建他的工厂。年过半百的姑父带着全家人搬离他生活了五十几年的小镇，去新的城市奋斗。厂子建起来了，又慢慢地红火起来，像八九点钟的太阳蒸蒸日上。姑父的钱包也鼓了起来。他在那个城市给孩子们每人建了一幢最时兴的小洋房。姑父的大侄子处了女友，是同在工厂里做活的女工。在姑父的主持下，四个孩子中最老实本分的他有了自己的小家。品貌端正的小侄子也找了女友，只等他自己一定心，姑父就对去世的弟弟都有了交代。

逢年过节，姑父归乡省亲。镇上人便笑谈："真是树挪死，人挪活。没料到老周家到后来竟这么兴盛。"有点儿墨水的老人又道："周老二年纪轻轻就去了，周老大又半百年岁，在土里埋了半截的人，都说老周家他们这一代没戏唱了。没料到柳暗花明又一村。"话语里，人们都以为"柳暗花明又一村"是命运对姑父一家奇巧的安排。我以为，那是爱给予姑父的最高奖赏。

# 人世有恒

那天表哥来，我们闲聊，说起旧人旧事，提及他。他是表哥的邻居，也是我从前在乡村小学教书时候的同事。表哥说，恒老师退休后去上海与女儿生活在一起，过得很好。

表哥说他名字的时候，我脑海里便蹦出一个大大的清晰的“恒”字来。那么立体的字，像看 3D 电影似的立在我的脑海里，也许他的一生太契合这个字了吧。“恒”若从篆字的构造看，“二”应当指的是河的两岸，以舟摆渡两岸之人：“心”是指有渡人之心。他真的这样渡过一个人。

三十年前一个隆冬的夜晚，院墙外的西北风野兽般呼呼作吼，他和妻从酣眠的梦中被惊醒，那尖锐狂乱的风吼声中竟然夹杂了一声声的婴啼。起初，他俩以为是做梦而生出的幻听，可侧耳细听，婴儿哭得上气不接下气的呜咽声那么分明。他披起棉袄，推开院门，门槛上真的有一襁褓婴儿。他连忙唤来了妻子，两人打着手电筒家前屋后、远远近近都察看了一遍，没有发现一个大人。他俩对视了一眼，彼此心里明白是有人故意把孩子丢在门口，指望他们夫妻俩收养孩子。

他们把孩子抱回还温热的被窝里，细细一瞧，是个女娃。他和妻心里跟晃荡着一个拨浪鼓似的，左右摇摆，又愁又喜。喜的是，他们一直希望有个女儿，但计划生育政策紧，他的妻子在生下儿子后就被镇上的计生办给拖过去做了结扎手术。他有时跟妻子开玩笑说，想要个女儿。妻子就自嘲已经是不下蛋的母鸡了。她半嗔半怒地说："连个蛋都生不出来，还生女儿？"有人送来个女儿，可不是天上掉馅饼的大喜事吗？

他的笑容未及撑满脸，一对浓眉又锁笑变愁，先别高兴，人无远虑，必有近忧。要是他收养了这女娃，搞不好他会被开除教师公职。计划生育的法规里可明文规定一对夫妇只准生一个孩。丢了饭碗，一家人的日子怎么过？虽然教师的工资也不多，但他一介文弱书生，除了干教师，又能干什么呢？妻子的身体也不好，平日干个农活就咳嗽不停，把药当饭吃。拨浪鼓在他心里晃得震天响，一面说留，另一面说不能留。

到底，这女婴是留下了。教师的公职也在惊涛骇浪中，有惊无险地保住了。贫困艰辛的过往中有无数心酸和甜蜜的细节。比如，全家人都吃青菜豆腐，却用一个鸡蛋做成蛋羹来喂他的宝贝女儿；一个月买一次肉，他们只喝几口肉汤，肉块都塞进了女儿的肚子……如此善待一个抱养的女孩儿，他们赢得十里八乡亲邻们的交口称赞。他们家又是无数乡邻羡慕的对象，他有一份稳定的工作，妻子贤惠，儿子聪明，女儿漂亮乖巧。

窗外日光弹指过，席间花影坐前移，一双儿女都长大成人。“天有不测风”云这句话真的不是凭空的。那会儿，他的儿子大学已经毕业，被分配在一家丝绸厂做会计。丝绸厂的厂长欲壑难填，嘱咐那青年做假账，厂长便中饱私囊。最终，厂长没能逃出恢恢法网，青年也被牵涉在案。

刚出学校门、刚刚涉世的青年哪里见过这人生风雨，没能抵挡住，最后患了严重的精神疾病。青年的病情时好时坏。恒老师像风中的布条，被患病的儿子东扯西拉，再也没有安稳的日子。他满头的白发便是那时白的。

幸好他们还有一个女儿，懂事乖巧，在一旁抚慰他们老两口冰冷的心。如果不是女儿，恒老师不知道自己能不能度过那段艰难的日子。

后来，儿子的病情得到较好的控制，竟然有个鞋厂的女工愿意照顾他。结婚后，儿子的病情越发好转了，过起了正常人的三口之家的小日子。女儿态度坚定地对恒老师说：“哥哥只要过好自己的小日子就行。等你们老了，有我。”后来果然如此。

曾经渡人，后来又被人渡。济过的人、吃过的苦、忧愁过的日子都会还你一种你想象不到的结局。恒老师的一生，会让人不由自主地想到，人世有恒，天地有恒。